智慧公主马小岚纯美爱藏本4

不是公主聚头

bu shi gongzhu bu jutou

马翠萝 著

化学工业出版社

·北京·

图书在版编目 (CIP) 数据

不是公主不聚头 / 马翠萝著. —北京：化学工业出
版社，2015.5（2023.4重印）
（智慧公主马小岚纯美爱藏本）
ISBN 978-7-122-23537-4

Ⅰ. ①公… Ⅱ. ①马… Ⅲ. ①儿童故事-中国-当代
Ⅳ. ①I287.5

中国版本图书馆CIP数据核字(2015)第066845号

公主传奇 不是公主不聚头 马翠萝著
ISBN 978-962-08-4856-8
本书为新雅文化事业有限公司授权化学工业出版社有限公司在中国大陆地区出版
中文简体字版本，仅限于在中国大陆地区（不包括香港、澳门及台湾）发行销售。
未经许可，不得以任何方式复制或抄袭本书的任何部分，违者必究。
© 2012 Sun Ya Publications (HK) Ltd.

北京市版权局著作权合同登记号：01-2012-2900

责任编辑：张素芳   责任校对：战河红

出版发行：化学工业出版社（北京市东城区青年湖南街13号 邮政编码100011）
印   装：大厂聚鑫印刷有限责任公司
880mm×1230mm 1/32 印张 5¼ 2023 年4月北京第1版第12次印刷

购书咨询：010-64518888   售后服务：010-64518899
网   址：http://www.cip.com.cn
凡购买本书，如有缺损质量问题，本社销售中心负责调换。

定   价：16.80元   版权所有   违者必究

目录

第1章
落难公主

　　高空上，"皇家一号"飞机正高速飞往乌莎努尔公国。机舱里是刚从南非探险回来的马小岚等人。

　　万卡在驾驶舱驾驶飞机。阔大的豪华客舱里，只有马小岚、周晓星和利安三人。晓星躺在座椅上，自从飞机起飞后，他就一直嘟嘟囔囔地在发泄不满："臭小岚姐姐，坏小岚姐姐，放着豪华邮轮不坐，偏要急着回去，哼！"

　　原来他是在生小岚的气呢！蓝色公主号邮轮行政总裁饶一茹，因为小岚和利安之前在邮轮上被绑架，令他们一帮人都没能享受到那次邮轮假期，心里很过意不去，所以盛情邀请他们再搭乘一次。本来行程已安排好，而且这次的行程更理想，沿途风光更美，但因为胡鲁国的茜茜公主昨天深夜突然到访乌莎努尔，作为国王的万卡必须回去接待，而小岚经考虑后，也决定跟万卡一起回国，所以旅行取消了。这事让晓星嘴巴撅得可以挂个瓶子，自登机后，他就没停过埋怨。

　　"唠唠叨叨的像个老太婆，你烦不烦！"小岚干脆用大衣蒙着头，不理他。

　　利安帮着小岚说话："是呀，晓星你烦不烦！人家茜茜

公主远道而来，又是万卡青梅竹马的朋友，小岚当然要回去帮忙接待。小岚才不像你呢，只顾玩！"

晓星说："利安哥哥，你就知道偏帮小岚姐姐，哼，要是妮娃在就好了，她一定支持我，跟我一块儿去坐邮轮！"

妮娃是晓星的好朋友，也是利安的妹妹、莱尔首相的小女儿。

"我看不一定呢，妮娃也是个很懂事的孩子啊……"利安说着，笑嘻嘻地瞟了晓星一眼。

"哦，你是说我不懂事！"晓星坐了起来，他随即反击说，"利安哥哥，我明白了，一定是你叫小岚姐姐回去的！"

利安说："为什么？我为什么一定要小岚回去呢？"

"我就是知道！"晓星古灵精怪地挤挤眼睛，"你想回去看美女。你知道前几年互联网搞世界美少女公主选举，茜茜公主排名第一，所以你想回去看美女！我没说错吧？"

晓星得意洋洋的，认为抓住了利安的"痛处"。

"哈！真好笑！你这小子小狗嘴吐不出象牙，你以为我没见过美女吗？眼前就有一个全世界最美的。"利安边说边笑嘻嘻地看着小岚。

"这……"晓星没词了，因为小岚姐姐也是他心目中最美的女孩呢！

小岚可没心思听他们胡说八道。

　　她蒙着头在想心事。其实，她自己也搞不清楚，为什么放着邮轮假期不去享受，也暂缓追查自己身世之谜，跟着万卡跑回乌莎努尔，去接待一个不认识的外国公主。

　　难道……难道……难道是因为……不可能，不可能！

　　那公主真的那么漂亮吗？现在那些什么什么选举多如牛毛，许多所谓选美冠军都名不副实，说不定，这茜茜公主小眼睛大嘴巴麻子脸，只因为她们国家给了选美主办机构多少多少赞助，内定她为冠军罢了。

　　哼，不好好地待在胡鲁国，来乌莎努尔干什么？万卡跟她很要好吗？青梅竹马？哼，青梅竹马又怎么样？不就是小时候一块儿玩过嘛！自己跟万卡是经历了生与死的考验，是生死之交，比她青梅竹马胜过千倍万倍！

　　马小岚啊马小岚，为什么老诋毁人家，干吗这么在乎人家是不是真的漂亮？这么紧张人家是否和万卡很要好？

　　不是吧，自己喜欢万卡？认识万卡多久了？才一个多月吧！是喜欢他勇敢、坚强的性格？还是喜欢他高大俊朗的外形？抑或是因为万卡数次在危难关头救了自己，自己心存感激？

　　不知道。反正，小岚现在有一种很奇怪的感觉，总想见到万卡。

　　糟了，自己喜欢上男孩子了，自己爱上乌莎努尔国王万卡了。

但是，这王后可不是好当的呀！自古宫门深似海，搞不好，自己从此就像一只笼中鸟一样，没有自由了。

小岚用她富于想象的脑袋，想象着一只小鸟在笼子里东碰碰西撞撞，头破血流的样子，不由得大声地叹了一口气。

"小岚姐姐，你怎么啦？"小岚眼前一亮，是晓星揭开了她蒙在头上的大衣，正诧异地看着她。

小岚一把抢回大衣，说："没什么，做了噩梦，叫狗追了。"

晓星狐疑地说："小岚姐姐怕狗？"

"是呀，我怕狗，很奇怪吗？大惊小怪！"小岚很不耐烦地说。

"不对呀，小岚姐姐，你从来都不怕狗的呀！"偏偏晓星追根问底。

"这傻小子！"小岚心里骂了一声。

幸好这时广播器响了，从驾驶舱传来万卡的声音："小岚，飞机已到达乌莎努尔上空，请你们系好安全带，飞机马上要降落了。"

十分钟后，飞机降落在乌莎努尔国际机场。等候多时的摩托车队及两辆劳斯莱斯，把万卡等人送回王宫。

万卡和小岚同坐一辆车。小岚问万卡："茜茜公主来乌莎努尔，是进行国事访问吗？"

万卡摇摇头说："不知道啊，其实我也一直觉得奇怪，胡鲁国也是举足轻重的大国，公主出访，也是一件大事啊，为什么这样突然，事前也不知会一声。不会出什么事吧！"

万卡说完，微皱双眉，在思索着。眉心处，露出了两道浅浅的竖纹。

小岚不由得偷看了他几眼。她觉得，这是万卡最动人的时候，坚毅、睿智、帅气，这正是小岚心目中真正的男子汉的模样。

车队一进王宫，宾罗大臣就迎了上来，他后面还跟着晓星的姐姐晓晴和利安的妹妹妮娃。两个女孩子冲了过来，晓晴抱着小岚，妮娃拉着晓星，哇哇大叫着，那样子好像几年没见面似的。紧接着她们又叽叽喳喳问了很多问题："所罗门山洞很大吗？里面是不是放满了钻石？""那飞碟跟电影里的飞碟是不是一样的？""那些土著人凶吗？他们会不会讲英文？"

就算小岚和晓星每人有几张嘴，恐怕都没法应付这两个"问题少女"。

宾罗大臣把万卡请到一边，神情凝重地说："国王陛下，胡鲁国可能出大事了。茜茜公主来访有点不寻常，她是只身一人来的，一直神情恍惚，我问她出了什么事，她也不肯说，只说要等你回来！"

　　他虽然压低了声音，但仍让耳尖的小岚听到了，她也觉得茜茜公主的确奇怪。她把吹牛皮的机会留给晓星，自己朝万卡和宾罗大臣走了过来。万卡见到小岚，便说："你跟我一块儿去见茜茜公主，其他人回去休息吧！"

　　晓星听见了，死活不肯："不，我也要跟你们一块儿去见公主！"

　　利安也说："是呀，我们不累，一块儿去吧！"

　　宾罗大臣说："利安，你还是跟妹妹先回去吧！你妈妈今天打了不下十次电话来，问你什么时候到。你外出多天，她挺惦念你的，你赶快回家去吧！"

　　利安挺无奈的，他说："好吧，我先回家去，再联络！"

　　利安和妮娃回家去了，万卡和宾罗大臣，还有小岚和晓晴姐弟，一行人径往御花园而去。宾罗大臣说，公主今天一早就去了花园，在那里呆坐着，连午饭都没吃。

　　走进花园，绕过喷水池、假山，远远看见了一片绿茵茵的草地。走近时，他们看见了一个美丽的身影——

　　绿草地上，坐着一个黄衣女孩，她细长脸，鼻高嘴小，一头鬈曲有致的长发遮了她半张脸。此刻，她低着头，垂着眼睛，脸上愁云密布。

　　万卡喊了一声："茜茜公主！"

女孩抬起眼睛，那眸子是蓝色的，跟天空的颜色一样，好美。

她惊喜地跳了起来："万卡！"

转眼间，她已跑了过来，一头撞进了万卡怀里，又用手紧紧搂住万卡的腰。

"万卡，我好想你，好想好想好想！"

万卡显得手足无措，他呆站着。

小岚嘟起了嘴。

"糟糕，小岚姐姐有情敌了！"晓星说着冲了上去，拼命掰开茜茜公主的手。

"你是谁？"茜茜公主低下头，看着晓星。

"我是可爱的晓星。"

"你要是不打扰我，会更可爱一些。"茜茜公主又转对万卡说，"万卡，我有很多话要跟你说。"

晓星一想糟了，茜茜公主一定是要跟万卡哥哥说"I love you"。他急了，一使劲，把茜茜公主推开了："我不许你抱万卡哥哥，不许！"

茜茜公主愣了愣，忽然一顿脚，"哇"一声大哭起来。她哭得好伤心，眼泪像断线珠子一样，"啪哒啪哒"落在衣襟上。

在场的人都呆了。

茜茜公主一边哭一边嚷嚷着："我大伯伯欺负我，我奶奶欺负我，大臣们欺负我，全世界都欺负我！现在来到这里，连你们也欺负我！哇，爸爸呀，你为什么要离开我，这世界上再也没有人疼我了……"

万卡大吃一惊："你说什么？你父亲……你父亲究竟出了什么事？"

"茜茜公主，别哭别哭，晓星小孩儿不懂事，他跟您闹着玩呢！"宾罗大臣赶快走过去说，"您有什么烦恼就请说出来，万卡国王一定会帮您的。"

"哇——"茜茜公主一顿脚，跑了。

"茜茜公主！"大家一边喊着一边追了过去。

一个花匠扛了把梯子，往一棵大树下一放，正想爬到树上剪枝。正好茜茜公主跑至，她把花匠一推，自己攀着梯子爬上了树，一屁股坐在树桠上。

众人跑到树下，见到此情景，不禁捏了一把汗，那树桠离地有三四米，掉下来可不是好玩的。

"茜茜公主，危险啊，请您赶快下来，赶快下来！"

"不下，就不下！"茜茜公主说着，还用脚踢开梯子，免得有人爬上来。那梯子倒在地上，"啪啦"一声，散开了。

"爸爸呀，您死得好惨！"茜茜公主继续哭喊着，"女儿不能替您报仇，活着又有什么用？我干脆死了算了！"

茜茜公主把屁股挪了挪，一副要跳下来的样子。

"你别、别……"

树下一片惊呼。万卡还本能地伸出双手，作出想接住茜茜公主的姿势。

幸亏茜茜公主又停止了动作，没有往下跳。

小岚拨开众人，走近大树。在树上树下的人都还没反应过来时，她已经敏捷地抱住树干，往上一蹿一蹿的，一眨眼工夫就爬上了树，坐到了茜茜公主身边。

茜茜公主显然被小岚的举动吓住了，她住了声，眼睛一眨一眨地看着小岚。

宾罗大臣命人火速拿救生垫来。

茜茜公主回过神来，惊讶地对小岚说："你好厉害！直到现在，我还没学会徒手爬树呢！"

小岚说："爬树有什么了不起，我连攀岩都可以呢！几百米高的山岩，我能一口气爬上去。"

"哇！你好像武侠小说里的女大侠啊！"茜茜公主眼里流露出佩服的神情，她拉住了小岚的手，"请问女大侠尊姓大名？"

"我是马小岚。"

"马小岚？"茜茜公主尖叫起来，"噢，你就是那个帮助万卡哥哥解开谜团，让霍雷尔王族重新执政的那位小岚公主？"

"噢，你也知道呀！"小岚有点得意。

"太好了！太好了！我千里迢迢来到乌莎努尔，就是为了让万卡哥哥介绍我认识你呀！"

茜茜公主兴奋地抓住小岚的手。不幸的是，她忘了自己是坐在树上。她也许是想站起来说话，但结果双脚挨不到地，反而往下一坠，连小岚也被她扯下去了……

树下一片惊呼。

第2章
王子中枪之谜

　　别担心，小岚和茜茜公主没有被摔死。故事还长着呢，她们怎能死？

　　宾罗大臣已经及时让人在树下铺上了救生垫。

　　两个公主可一点没害怕，她们手牵手坐在厚厚的救生垫上，"哈哈哈"地傻笑了一番，才亲亲热热地站起来了。

　　大家都愣愣地看着她们，不知道她们笑什么。别是把脑子摔坏了吧？

　　宾罗大臣首先跑过去，迭声问道："两位公主，你们没摔着吧？"

　　小岚说："伯伯，您放心吧！我们好得不得了，没碰着没摔伤。"

　　"对对对，我们没事，没事！"茜茜公主又急切地对万卡说，"其实我这次来，是有很要紧的事找小岚帮忙，我们一块儿谈谈好吗？"

　　万卡点头说："好啊！那我们去小岚住的嫣明苑吧！"

　　小岚和茜茜公主在前面走着，一行人跟在后面。那两个

公主，手拉手，很是亲热。

"那个刁蛮公主给小岚姐姐吃了什么迷药，你们看小岚姐姐跟她这么友好，好像已交了八辈子的朋友。"晓星一路嘀咕着，有点不开心，"开始还怕她抢了万卡哥哥，现在倒好，把小岚姐姐抢走了！"

"哼！"晓晴闷哼一声，话里带着酸味，"小岚有了新朋友了，不理我们了！"

这姐弟俩，吃醋了！

宾罗大臣在一旁听着，不禁笑了起来，真是小孩子！

宾罗大臣一早已叫人通知了小岚住的公主府第——嫣明苑，所以一行人刚到，小岚的管家玛亚便笑盈盈地迎出来，把他们带进了第一会客室。

两名侍女奉上香茶及各式精美点心。

刚坐下，万卡便急切地问："茜茜公主，快说说，胡鲁国究竟发生了什么事？"

"小岚，你一定要帮我……"茜茜公主突然放声大哭起来，哭得浑身打战。

小岚赶紧搂住她的肩膀："别哭别哭，我们一定会帮你的！"

茜茜公主在小岚的安抚下，一边抽泣着，一边把心中冤屈和盘托出。胡鲁国皇室果真发生了惊人事件。

　　胡鲁国是一个历史悠久的君主制国家，现在统治国家的是茜茜公主的奶奶——玛丽女王。女王在位四十年，国泰民安。她丈夫早年去世，现在膝下有两个儿子，均已结婚生子。长子即王储米高，家有妻子及儿子约翰；次子麦克，妻子在多年前去世，留下一位小公主茜茜。

　　事情就发生在米高和麦克两位王子身上。

　　胡鲁国皇室成员都喜欢打猎，一周前，正值国庆假日，女王偕同两个儿子前往皇家猎场狩猎。那天天高气爽，两位王子先是跟众人一起围剿猎物，后来，因追赶猎物，两人策马跑入密林中去了。不一会儿，人们听到密林深处传出一声枪响。女王以为两位王子打中了什么猎物，便让侍卫去看看，没料想赶到时，却见到惊人的一幕——王储米高呆站着，在他脚下，二王子麦克满脸鲜血，头部中枪倒毙在地。

　　麦克伤重去世，而米高清醒过来后，已完全记不起事发经过。医生说，人脑有时会排斥一些太刺激太恐惧的记忆，这部分记忆有的人可能会在电光火石间记起来，也有的人一辈子都无法想起。

　　经查证，子弹是从麦克的枪中射出的。如果说是他自己打伤自己，那是很不可思议的事，因为人们设想出各种原因，尝试了各种角度，都很难造成他头上的枪伤。但是，要说是米高杀死弟弟，无任何人证物证，也无杀人动机——米

高已是王储，不存在篡位，米高家有一位绝世美貌的妻子，不存在夺妻；何况两兄弟平日感情很好，怎会去伤害对方……

身为母亲的女王，受到事件打击，病倒了。国不可一日无君，所以经两院共议，女王同意，宣布枪击事件纯属意外，王储米高即日起代理女王行使权利，处理国家大事。

这件事最大的受害者当然是茜茜小公主，她幼年丧母，由父亲抚养长大，父女感情很深。父亲一死，她顿时变成孤女。对于父亲的死，她横看竖看，都认为疑点重重，父亲绝不可能是走火致死。她认为奶奶及两院的决定太不公平，令父亲死得不明不白。她执意认为是大伯伯杀死父亲，一气之下，离家出走，来到乌莎努尔……

会客室里安静得连苍蝇飞过都听得见，大家都用同情的眼光看着茜茜公主。

但是这又确实是一宗无头公案。虽然事件可疑，但没证人，没作案动机，的确难以说是王储谋杀了弟弟。

"小岚你能帮我吗？我就知道，爸爸是大伯伯杀死的，一定是！"茜茜公主流着眼泪说。

小岚没说话，她在考虑着枪击案的每一个细节。

茜茜公主见小岚不作声，着急了："小岚，是不是连你都不肯帮我了？！"

　　晓星此时不但不再吃茜茜公主的醋，反而很同情她，他对茜茜公主说："公主姐姐，你别着急，小岚姐姐不作声，是在想事情呢！她一定会帮你的，我们也一定会帮你的。"

　　"晓星说得对，小岚一定会想出办法帮你的。"万卡也安慰茜茜公主说，"不管事情发展成什么样，乌莎努尔永远是你的坚强后盾，我们永远是你最忠实的朋友。"

　　连之前对茜茜公主很不满的晓晴，也都体贴地说："是呀，茜茜公主，你别着急，天大的事有万卡国王，有小岚，有我们呢！"

　　茜茜公主感激地看着众人，说："你们真好！虽然我没了父亲，奶奶也不帮我，但有了你们，我觉得自己又有了希望。"

　　宾罗大臣坐在一旁一直没作声，事情让孩子们自己去处理吧！

　　小岚这时腾地站了起来，说："好吧，天下事难不倒马小岚！茜茜，你这个忙我帮定了，我一定要把王子枪击案的真相查个水落石出！"

　　茜茜公主一听破涕为笑，她一把搂住小岚，往她脸上亲了又亲，弄得小岚"哎哎哎"地嚷着，左躲右闪。

　　这时，会客室的电话响了，晓星拿起听筒听了一会儿，便喊道："万卡哥哥，胡鲁国代理国王米高先生找你。"

第3章
大使马小岚

　　乌莎努尔公国的御用飞机——"皇家一号"在蓝天翱翔。飞机上除了机组及特勤人员之外，只有四名乘客，由万卡国王任命的大使马小岚、副使周晓晴和周晓星，正肩负护送胡鲁国小公主茜茜回国的任务，并且代表万卡国王探视患病的女王。至于侦探破案嘛，那是秘密任务，不能公开。

　　昨天，胡鲁国米高代国王打来电话，恳请万卡说服茜茜公主回国，免得一众亲人挂心。万卡国王跟小岚、茜茜公主商量之后，决定将计就计，让马小岚担任全权大使，护送茜茜公主回国，趁机调查王子枪击一案。

　　这事本来没有晓星的份儿，万卡是让小岚和晓晴两个送公主回国的，说是几个女孩子一路上方便互相照顾。但晓星却不依不饶，连晓晴姐姐都当了副使，他太没面子了！将来回到中国香港，姐姐肯定把这事当作特大新闻满世界宣布，她当了大使怎么怎么威风，到那时自己怎么办？总不能跟人家解释"有更重要的任务要执行"或"本来也是大使，只是临上机前拉肚子"，等等等等吧？

于是他死缠烂打要万卡让他跟着去，还振振有词地说有十大理由。

理由一，上次在非洲每每部落，他已经担任过友谊大使，负责搞好跟土著部落的"外交关系"。结果，他做得很成功，还跟土著酋长的女儿苏苏成了好朋友。所以这次出使胡鲁国，如果有他出马，一定"无往而不胜"；

理由二，小岚每次写小说，或者受命破案，他一直是最得力的助手，这次小岚姐姐要去胡鲁国破枪击案，没了他，没准就破不了案，无功而返；

理由三……

没等到他说出第三个理由，小岚就被他的喋喋不休烦到半死了，只好跟万卡说："救命啊，让这小子去吧！"

这事让晓星美得不得了，他也不顾晓晴猛朝他翻白眼，逢人就让叫他"周大使"。晓星还要玛亚给他置了一套出使"行头"——名牌西装，名牌皮鞋，外加一条名牌领带。他说，大使就要有个大使样子嘛！

上机后，一众男孩女孩大呼小叫争位置坐，热闹了好一阵子，直到吃完午餐才安静下来。

茜茜公主小鸟依人地挨着小岚，虽然她比小岚还大两个

月，但看她那样子，倒像是小岚的小妹妹似的。此刻，她把头靠在小岚肩上，默默地想着什么。

小岚则在思考着胡鲁国的那件无头公案，其实她一点头绪都没有呢！也许，正如两院所裁定的，那只是一宗意外事件，只是茜茜公主因为不肯接受父亲去世的现实，才认定王储是杀父仇人。即使真是王储因为某种原因杀死弟弟，但这已经是定了案的事，自己又如何着手再作调查呢？而且是在一个如此陌生的国度。只是见到茜茜的可怜样子，小岚才一力承担要帮她查明真相。

晓晴就抓紧时间进行脸部"修葺"工作，拿着把小镊子在修眉毛，见她随着手部每一下的动作龇牙咧嘴的，就知道拔眉毛这事儿还挺不好受的呢，但对晓晴来说，"爱美不爱命"，为了漂亮，痛也值得！

这天天气好极了，飞机在云海上飞着，很平稳，连一点颠簸都没有，这让素有"飞机恐惧症"的晓星很高兴。他一会儿背着手在机舱里踱步，说是预习一下下机时怎样才能让自己显得更"有型有格"；一会儿又在有限的空间里，给茜茜公主耍着刚学来的"太极功夫"，说是给新认识的公主姐姐看看他的大侠风采。

茜茜公主开头还蛮有兴趣地看了一会儿，但很快就意兴阑珊了，那双美丽的眼睛半眯着，似乎有点犯困。而小岚被

晓星走来走去晃花了眼，一脸的不耐烦。晓晴就一直专注地盯着小镜子，正眼也没瞧他一下。可惜那小子正在兴头上，竟一点也没察觉到。

不知道是终于发现三个姐姐对他的漠视，还是他自己折腾累了，一个小时之后，晓星终于以一个很夸张的动作，倒在一张大沙发上，呼哧呼哧地喘着气。

小岚和茜茜公主怕他稍微缓过气之后又再"卷土重来"，急忙闭上眼睛装睡。晓晴就干脆把椅子转了个方向，把背对着他。

幸亏瞌睡虫把晓星征服了，不一会儿就听到他呼呼的打鼾声。

飞机第二天傍晚才到达胡鲁国，当机舱门一打开，小岚就吓了一大跳——不是吧！自己只不过是一个公主身份，怎么竟然劳驾到国王亲自来迎？不是吗，那停机坪上站着的两行欢迎队伍中，领头的，分明是胡鲁国王储、代理国王米高——她临出门时研究过胡鲁国的情况，见过王储的照片。

小岚心里未免有点嘀咕，她边想着，边率先走下了舷梯。茜茜公主随后，之后是晓晴、晓星。

米高王储笑吟吟地迎上来。小岚迅速打量了他一眼，只见他黑头发，蓝眼睛，高鼻子，脸上还带着和蔼可亲的笑容，是一位很英俊很有修养的中年人。

"样子很正气啊！不像是个会杀兄弟的人。"小岚暗想。

小岚平时大大咧咧，但每到这种外交场合，她都很有分寸，礼数很周到。

当下，她双膝微微一屈，行了个很优美的宫廷礼，说："有劳王储亲自来迎，小岚实在惶恐！"

王储轻轻拥抱小岚，又以好听的男中音说："小岚公主请勿客气！我国和乌莎努尔为兄弟之邦，一向友好。加上这次贵国帮我们照顾茜茜公主多天，现在又由小岚公主亲自护送回来，我们都感激不尽，所以很应该亲自来迎接。"

米高又走向茜茜公主。

他好像很激动，张开双手，把茜茜整个揽在怀里，就像父亲拥抱自己的女儿一样。

小岚心想，这王储，想来真是个重骨肉亲情的人，他心里一定想弥补茜茜公主失去父亲的遗憾，希望像父亲一样去关怀和照顾小侄女。

"茜茜，你回来了，回来就好！回来就好！"他说话诚恳，不像是装出来的。

小岚在旁观察着，心里很感动。

但茜茜公主却脸色冷冷的，她伸手坚决地把米高推开了。

情况顿时变得尴尬。

幸好这时晓星把手伸向了米高国王："王储叔叔，我是

晓星，是万卡哥哥派我保护公主回国的。”

这正好给了米高一个台阶下，他笑着转向晓星："非常感谢晓星先生保护公主平安归来。"

晓星笑得合不拢嘴，他说："不用谢！王储叔叔，我会打太极呢，我现在就耍几招给您看！"

说完，他就真的摆开架势耍起来了。他这几招还是跟小岚学的，鸡手鸭脚，准确度不足一成，但王储还是很有礼貌地给他鼓掌："好，好！晓星先生还真了不起呢，会中国功夫！"

晓星十分得意，说："王储叔叔，有机会我教您！"

晓星这么傻呵呵地一闹，倒是冲淡了茜茜公主带来的尴尬，气氛轻松多了。

小岚在一旁看着，心想，看来把这小子带来是对了。

一列长长的车队把小岚等人接到了那极富欧陆风格的王宫，他们被安排在迎宾楼住下。

米高王储对小岚说："小岚公主，晓晴小姐，晓星先生，这一路上你们也辛苦了，先休息一下吧。我们安排了晚宴，等会儿有车来接你们。"

他又转身对茜茜公主说："茜茜，我送你回家。"

但茜茜公主一点都不给面子："不，我今晚要跟小岚住

在迎宾楼。"

小岚忙打圆场说："王储殿下，茜茜公主一路已跟我成了好朋友，我也很想跟她多待一会儿，您就让她在这睡一晚吧。"

米高王储也不坚持："那也好，就让茜茜留在这里吧！"

晚宴上那些繁文缛节，令小岚累透了，脸上的表情也有点僵了。好不容易熬到结束，她回到宾馆，洗了个澡，就马上上床休息了。正蒙眬间，她发现有人轻手轻脚爬上了她的床，在她身边躺下。

"是谁？！"小岚吓了一大跳，猛地坐了起来，伸手扭亮台灯。原来是茜茜公主。

"吓死我了！还以为这王宫深苑里也有色狼呢。"小岚嗔怪地瞪了茜茜公主一眼。

"对不起啰！人家一个人睡，害怕嘛。"茜茜公主眼睛一眨，好像要掉眼泪了。

"唉，你呀！"小岚无奈地说，"一块儿睡就一块儿睡，但你可要有思想准备哦，我这人睡觉不安稳，小心半夜里蹬你一脚，把你踹到地上。"

"那我睡里面好了！"茜茜公主把枕头往里面一扔，像小猫般轻盈地一跃，跃到床的里面。

不到几秒钟，里面就传出了轻轻的鼾声。

这回轮到小岚睡不着了。

　　她想起了晚宴时的情景。饭桌上除了王储夫妇之外，就是一帮政要夫人，大家彬彬有礼，敬茶让菜，或者正儿八经地谈论世界大事。晓星理所当然地成了晚会之"星"，他的多嘴多舌，令一帮夫人开心不已，而他的"中国功夫"，更将气氛推向了高潮。没想到他的三脚猫功夫，还真糊弄住了那帮贵夫人，她们都快把手掌拍烂了。那位财长夫人，还拉着晓星，说要跟他学太极呢！

　　小岚只管让他"疯"去。反正自己跟那帮贵夫人也没什么话好说的，省得大家没话找话，要搬出"今天天气哈哈哈"来打发时间，她也好专心地去好好观察一下王储夫妇。

　　储妃云妮长得好美，样子很像一位著名影星。像谁呢？对，像小岚很喜欢的一部老电影——《时光倒流七十年》里的简·西摩！她的眼睛很大，像会说话似的，五官很标致，就像名画师画出来的美人。她还很有气质，一举手、一投足，无不散发出迷人的魅力。米高王子很爱她，一晚上，都像呵护一个小女孩似的，不时替她拿好吃的，还不时嘘寒问暖。

　　小岚对这两夫妇很有好感。她想，茜茜这小妮子，也许想父亲想疯了，非要抓住大伯伯不放。不过，她突然没了父亲，挺可怜的，就顺她的意思查一下吧，证实此事纯属意外，让她接受现实，免得她老是生活在仇恨之中。

　　想着想着，她睡着了。

第4章
案件重演

　　小岚一大早便醒了，她不可以睡懒觉，因为礼宾司安排她今天上午去探望女王。

　　茜茜公主还在熟睡，小岚没吵醒她，自己蹑手蹑脚起来了。梳洗打扮后，她便坐在客厅里看报纸。这时，有脚步声传来，她扭头一看，是礼宾司副司长、女王秘书兼保镖安娜。

　　安娜朝小岚鞠了一躬，说："小岚公主早安！"

　　"早安！"小岚点头微笑说。

　　安娜一脸抱歉地说："小岚公主，因为女王今早身体不适，不方便接见您，所以今日的安排要延后。"

　　小岚担心地问："她老人家怎么了，要紧吗？"

　　安娜说："谢公主关心。女王病情已有好转，现在在家里休养，她今天只是……只是……"

　　小岚说："只是什么？你说说看，我也想帮她呢！"

　　安娜叹了口气，说："茜茜公主不声不响跑去外国，已经令女王牵肠挂肚了，现在公主虽然回来了，但又一直没去见她，女王心里挺难受的。"

　　小岚说："哦，原来是这样。那我试试去说服茜茜公

主，让她去看望女王陛下。"

"谢公主！"安娜很开心的样子，她又说，"司长让我告诉您，本来今天还给您安排了好些参观活动的，但茜茜公主说，她想自己带您去玩，不知您意思怎样？"

小岚笑着说："不要紧，那就让茜茜公主安排吧！"

"是！"安娜又鞠了个躬，退下了。

这时候，茜茜公主揉着眼睛走来了："刚才来的是谁？"

小岚说："是安娜。她说你奶奶今早起来不舒服，暂时不见我。"

茜茜公主马上露出担心的样子，追问："她不舒服？她怎么啦？"

小岚白了她一眼，说："说不定是让你气的呢！听说你回来以后，还没有去看你奶奶呢！"

茜茜公主嘟起嘴："怎么没有，我昨晚去了。不过没进去，只在门缝里瞧了一阵子，看她睡得好不好。"

小岚没好气地说："你奶奶说不定多想你呢，你倒好，过家门而不入！"

茜茜公主的嘴巴撅得可以拴一头牛："哼，谁叫她黑白不分，让我父亲死得不明不白！"

小岚摇摇头，说："你没有真凭实据，怎就一口咬定事

情是你想的那样呢？还连奶奶都不管了！"

茜茜公主一顿脚，说："瞧，连你也开始欺负我了，我现在要亲人没亲人，要朋友没朋友，哇！"

她又哭起来了，眼泪大颗大颗地往下掉，"吧嗒吧嗒"的，前襟湿了一大片。

"喂，好啦好啦！我又没说不帮你，你别再哭了。"小岚最怕她哭，吓得急忙哄她。

茜茜公主擦着眼泪，说："那我今天就带你到皇家狩猎场，看看有什么能帮助破案的线索。"

"好吧，叫上晓晴、晓星一块儿去。"

吃完早餐，茜茜公主叫来一辆轿车，直奔皇家狩猎场。

门口的卫士见了茜茜公主，忙敬礼，又问："公主，要骑马吗？"

"啊，骑马？"晓星一听就来劲，"骑啊骑啊！"

晓晴瞪了弟弟一眼，说："你会骑吗？"

晓星满不在乎地说："不就是坐到马背上嘛，多容易。"

茜茜公主故意吓唬他："晓星，你别小看了这马，它尽欺负那些不会骑马的人呢！你一坐上去，它就晃呀晃呀，非把你晃下来再踩上一脚不可。"

"这个嘛……"晓星眨巴着眼睛，"那我就不骑了，倒

不是我怕它，只是……不想惹它生气。"

　　"噢，不想惹马儿生气，弟弟多懂事！"晓晴朝茜茜公主挤挤眼睛。

　　小岚说："我们干脆走进去算了，反正都想散散步。"

　　四个人便一路沿着林中小径，走进了狩猎场。

　　空气挺好的，被中国香港的钢筋森林包围了十多年的小岚，格外喜欢这大自然的清新，小岚一边走一边看，竟忘了来这里的目的。走着走着，咦，身边没有人了，原来她把茜茜他们三个人甩在后面了。

　　她正想折回去找他们，突然看见不远处的树丛中，钻出了一个可爱的小脑袋，啊，是一只小鹿！只见它警惕地四处望了望，然后走了出来。好可爱的小鹿啊，全身褐色，只是前额有一片白……

　　也许它是迷路了吧，看它黑色的大眼睛透出了慌张，嘴里不时发出颤抖的叫声，真可怜！

　　小岚正在愣愣地看着、想着，忽然看见不远处草丛中站起一个人，他正把手中的猎枪对准了那只小鹿。

　　"啊，小鹿快走！"小岚急得喊了起来。

　　小鹿受惊，撒开四腿一眨眼就跑没踪影了。

　　那人快步走了过来。他个子很高，一身猎装显得他的身形更加挺拔。走近时，小岚才看清楚他原来是一个十七八岁

的少年，剑样的眉毛下有一双像天空一样蓝的眼睛。他很像小岚见过的一个人。

来人高高在上地打量了小岚一眼，很不友好地问："你是谁？干吗赶跑我的小鹿？"

小岚本来还想跟他说声对不起，但见他这神情这语气，很不以为然，就故意把双手在腰间一叉，大声说："我是谁？！我是森林保护神，专门保护弱小动物，让它们免受坏人的伤害。"

"哦？"那人一听，脸上表情反而缓和下来了。他似笑非笑地打量了小岚一会儿，"这位森林保护神，好像是外籍人士呢！"

小岚一挺胸脯，说："没错！连我这个外籍人士都懂得保护贵国的小动物，你却残忍地要伤害它们，你不觉得羞愧吗？"

少年脸上露出了微笑，说："噢，对不起对不起，是我不对，在此向森林女神道歉。"

小岚也笑了："嘿，这还差不多！"

少年还想说什么，这时森林深处传来一声呼唤："约翰，快来帮忙，快呀！"

"来啦！"少年犹豫一下，对小岚说，"这里偶然也会出现一些较凶猛的动物，你一个人小心点。"

他跑了几步，又扭头说："再见，森林女神！"

小岚撇撇嘴，说："我可不想再见到你，小鹿杀手！"

"哈哈哈！"森林里响起他一串笑声。他撒开长腿，一下子就不见了影儿。

一阵呼哧呼哧的喘气声传来，是茜茜公主他们来了。晓晴埋怨地叫道："小岚，你跑哪儿去了？害得我们好找！"

小岚笑着说："谁叫你们走路像小脚女人一样慢。"

"小岚姐姐，你刚才跟谁说话了？我好像听见了你的声音。"晓星气喘吁吁地说。

"没有啊，我只是跟一只小鹿说话。"小岚笑嘻嘻的。

"小鹿？这里有小鹿？"晓星一听便东张西望起来，"小岚姐姐，你真幸运，竟然见到一只小鹿！早知道我就跟着你走快点了！"

"这里不但有小鹿，还有野兔、野猪，等等。最麻烦的是遇到野猪了，它长着又尖又长的牙齿，好可怕呢！"茜茜公主说。

晓星一听，赶紧在地上捡了一根粗粗的树枝，说："三位姐姐，有我保护你们，不用怕！"

走了大半个小时，才到了枪击案的案发地点。那里跟别的地方没什么两样，只是地上的草几乎全被踩过，全都倒伏在地，可见事发后有许多人来过这里。

草地中间有一处用石灰撒成的人形图案，应是二王子中

枪倒下的地方。

茜茜公主早已泪流满脸，她跪倒在地，叫道："爸爸，爸爸呀！"

晓星拉着茜茜公主的手，说："茜茜姐姐，别哭，别哭嘛！"

小岚扶起茜茜公主，说："茜茜，坚强点！你爸爸也不想看到你这样呢！来，擦干眼泪，跟我说说当时的情况。"

"嗯。"茜茜公主哭着应道。她擦擦眼泪，指着石灰人形，说："这就是爸爸中枪倒地的地方。人们发现他时，他满身鲜血倒在这里，而大伯伯，就站在爸爸旁边。"

小岚问："他们当时手里有枪吗？"

茜茜公主摇摇头："没有。大伯伯的枪在他自己脚下。而爸爸的枪呢，在离他一米多远的地方，一棵大树脚下。"茜茜公主指指前面一棵树。

小岚见那树下有一个用粉笔打的记号，应是当时猎枪的位置。

据检验结果，二王子的确是被他自己的猎枪打中的。

小岚说："你父亲倒地时的姿势是怎样的，你知道吗？"

茜茜公主说："知道。我看过他们在现场拍的照片。"

"茜茜，唉，对不起，我不该惹起你的伤心事。"小岚

犹豫了一下，说，"我想案情重组，你能否……"

茜茜公主马上说："可以！为了找出真正的凶手，我什么都可以做。"

小岚拿来一大堆干草，扎了个真人大小的草人，又请茜茜公主指出当日她父亲身体中枪的位置。然后，小岚试着让草人向它自己开枪，但是，按二王子身体中枪的位置，那简直是没可能的事，不管小岚怎样摆弄草人，让它更换各种姿势，它都根本没可能自己使枪走火造成那地方的伤口。

小岚皱起眉头，怪不得茜茜公主认定她大伯伯是凶手。二王子没可能杀死自己，而当时又只有他们两人在这里。

小岚问："茜茜，那天真的只有你爸爸和大伯伯在这里吗？会不会另外有人出现，开枪打死了你父亲。"

"不会！"茜茜公主肯定地答道，"因为那天我奶奶也来了。每当女王来打猎时，保安都是特别严密的，一是狩猎场要清场，不许其他任何人进去；二是随行人员要严格挑选，只有绝对忠实可靠之人才可以随行。当天在狩猎场里，除了我奶奶和我爸、大伯伯，就只有负责保护我奶奶的安娜和四个警卫。"

小岚说："那就可以肯定，不是外人潜入暗杀王子。"

茜茜公主点点头。

小岚又问："那会不会是安娜和那四个警卫其中一个，

趁人不注意时，偷偷尾随两位王子，枪杀二王子之后，再返回女王身边？"

茜茜公主说："不会，因为奶奶清楚记得，当听到枪声时，四个警卫和安娜都在她身边。她还马上命令安娜带一个警卫去传出枪声的地方，看看两位王子打到了什么猎物。"

晓星说："既不是二王子自己打自己，也不是狩猎时其他人行凶，那就只有一个结果，是王储打死二王子的。"

茜茜公主大叫道："就是就是！那你们现在明白我为什么认定大伯伯杀了我父亲了。"

小岚若有所思，她又问："有没有查过走火的猎枪，那上面除了你爸爸的指纹之外，有没有你大伯伯的指纹？"

"唉！"茜茜公主叹了口气，"那天他们俩都戴着手套，所以猎枪上一个指纹都找不到。"

小岚的眉头皱了起来，真碰到难题了。一切迹象表明，出事时只有两位王子在场，那就是说，只有两个可能，要不是二王子走火自伤，就是王储杀二王子了。

草人实验，证明二王子不可能自伤，但要说是王储杀二王子，那他的动机何在呢？每个人做事都有原因，何况是杀自己的亲兄弟。

唉，有谁能说出，那天这里发生了什么事呢？小岚感到一筹莫展。

第5章
森林女神与小鹿杀手

　　小岚和晓晴、晓星今天去拜会王储夫妇。当他们到达王储府时，储妃云妮出来迎接。

　　储妃脸上带着不变的微笑，她彬彬有礼地把小岚三人引进会客室。

　　"不好意思，米高本来要回来招待公主的，但是临时有事，回不来了，他让我向你说声不好意思。"储妃微笑着说，她又扭头问身旁的侍女："小王子回来了吗？"

　　侍女欠欠身，说："回储妃，我刚刚打电话去催了。他正在亚加山上看云，说马上回来。"

　　"看云？"小岚有点好奇。

　　储妃脸上满是慈爱，她说："这孩子，自小喜欢天文，白天看云，晚上观星。"

　　小岚心想，这小王子，兴趣还挺特别的。

　　小岚问："王储常常这样忙吗？"

　　储妃轻轻叹了一口气："从二弟出事那一天起，米高就没有回来住过。母亲病了，他代理国王职务，每天都很忙很忙，除了偶尔回来吃一顿晚饭，其余时间都在办公室

处理国务。"

小岚说："对贵国二王子的不幸，我深表遗憾。我知道茜茜公主至今仍对王储有点误会，储妃有时间最好多多开解她。"

"可怜的孩子！"储妃叹了一声。突然她转身问身边的侍女："小王子还没回来吗？"

侍女欠欠身："储妃，他应该还在路上。"

"这孩子，明知今天有客人来，还往外跑。"

小岚觉得她好像在有意回避刚才的话题。

晓星问储妃："阿姨，您一个人在家不是很寂寞吗？我看过很多电视剧，很多后宫妃子，一天到晚没事干，闷得要死。"

储妃笑笑说："那是古代才有的事，现代王室不会这样了。我其实是不少团体的负责人呢，有时也挺忙的。"

储妃从桌上一个小巧的名片匣里抽出三张紫色的名片，给小岚和晓晴、晓星各递了一张。

原来储妃担任的职务还挺多呢！

晓星念着："慈善总会名誉总理、儿童活动中心名誉总经理、资优儿童培训学院名誉院长、海洋鱼类研究所名誉所长……咦，储妃阿姨，您喜欢研究海洋鱼类？"

储妃微笑说："我读大学时，是研究鱼类的……"

"啊，太好了！"晓星高兴极了，"储妃阿姨，我也是研究鱼类的！"

储妃微笑着看着晓星："真的？那我们是同道中人了。"

晓星说："我有一条史前鱼，是在埃及买的。"

储妃惊讶地挑起了眉毛："真的？说来听听。"

"那鱼啊，奇特得不得了，它的样子……"

自从有专家初步鉴定，证实晓星买回来的那条鱼并非史前鱼之后，小岚和晓晴幸灾乐祸了好久。这让晓星很不甘心，他认定，总有一日他的史前鱼会得到认同，到时，普天下有谁不知道周晓星，有谁不知道周晓星的史前鱼！到时，哼哼，到时我要让你们苦苦哀求，才让你们看一眼我的史前鱼！

现在，难得有一个美丽温柔的王妃对他的史前鱼感兴趣，他怎能不兴奋呢！

晓晴轻轻推推小岚，小声说："这小子，又犯'史前鱼妄想症'了。"

小岚笑笑，心想不错啊，让晓星分散储妃的注意力，自己可以自由自在观察周围环境，看能不能找到破案线索了。

这时候，有侍女走进来，对储妃说："小王子回来了！"

储妃一听忙说："请小王子进来，告诉他有客人来了。"

"是！"侍女退下。

"小王子？！"晓晴慌忙坐直了身子，又整理了一下头发。

一会儿，外面响起了一阵急促、有力的脚步声，一听便知是出自一位充满活力的人。

一位身材高挑的少年迈着潇洒的步子走了进来。小岚注意到他那双像天空般蔚蓝的眼睛，她惊讶地睁大了眼睛。

"妈妈！"少年朝储妃喊了一声。

"约翰，你回来了！"储妃温柔地朝儿子笑着，又对着客人介绍，"来，给你们介绍一下，这是小儿约翰。约翰，这是乌莎努尔公国的马小岚公主……"

约翰朝小岚转过头来，他惊讶地扬起了眉毛："噢，你好，森林女神！"

"是你呀，小鹿杀手！"小岚回了他一句，语气可不那么友好。

储妃有点诧异地看着他们。晓星挠着脑袋："你们认识的吗？什么森林女神？小鹿杀手？"

约翰哈哈大笑起来。他把昨天在狩猎场遇到小岚的事说了。

储妃有点着急地说："那就是你的不是了，干吗要去射杀小鹿呢？"

约翰笑着说："其实小岚公主误会我了，我手里拿的不

是猎枪而是麻醉枪。"

"麻醉枪？"小岚努力回忆着，昨天约翰手里拿的枪的确不像普通猎枪。

约翰说："事情是这样的。我昨天去狩猎场，想找回您早前走失的那只小鹿'小白额'，那是您最喜欢的小动物啊！没想到真让我找到了。您不是说它前额有一块白色花瓣形的记号吗？挺容易辨认的。不料，我正想用麻醉枪打它时，被小岚公主发现，她大喊一声，让小鹿跑了。"

小岚听了，不由得有点不好意思："原来那是储妃的宠物，噢，真对不起！"

约翰笑着说："没关系。你是森林女神嘛，保护小动物是你的神圣职责呢！"

两人正在说话，突然听到储妃"噢"地叫了一声，只见她脸色苍白，嘴唇在颤抖着。约翰吃惊地扑了过去："妈妈，您怎么啦！"

小岚也吓得睁大眼睛看着储妃。

"'小白额'！别再提'小白额'！"储妃喊道。

约翰惊慌地说："好，好！不提，不提就是！"

过了好一会儿，储妃才平静下来，她愣了愣，还在努力回想自己刚才做了什么，之后抱歉地对小岚说："对不起，我失态了！"

小岚忙说："不要紧，储妃一定事出有因。"

"好孩子，谢谢你的谅解！"储妃叹了口气，"听说二弟出事前，就是和米高一块儿去追一只小鹿。我想，一定是他们发现'小白额'了。二弟的死，我也有责任……"

"妈妈！您怎能这样想！"约翰慌忙打断储妃的话，"二叔的死，只是一次意外！"

小岚也说："约翰说得对，储妃阿姨，您别想太多了。"

储妃长叹了一声，对儿子说："儿子，你别再去找'小白额'了，让它自由自在地生活吧！"

约翰说："是是是，我不去找就是了。妈妈，您放心！"

约翰一副焦急的样子，看得出来，他很紧张自己母亲，是个孝顺孩子。小岚由此对他很有好感。

储妃心情开始平静下来，她再次向小岚道歉："真对不起！"

小岚笑着说："没关系！"

储妃突然想起什么，忙抱歉地说："哎呀，还有两位客人没介绍呢！约翰，这是乌莎努尔副使周晓晴小姐，还有周晓星先生。"

晓晴羞答答地急忙行礼，一副大家闺秀模样："小王子殿下，请多指教！"晓星就大大咧咧地跟约翰握手："嘻

嘻，约翰哥哥你好！"

"你们好你们好！"约翰笑呵呵地回答。

储妃说："小岚公主，今天能赏脸在我们家吃饭吗？"

小岚一听正中下怀，便说："只是别打扰了储妃休息才好。"

约翰说："不会不会，妈妈最好客了，她常常亲自下厨，做一两个好菜给客人品尝呢！"

小岚笑道："噢，那我们有口福了！"

储妃对约翰说："那我去厨房准备了，你替我招呼客人。"

晓星慌忙说："储妃阿姨，我跟你到厨房帮忙。"

储妃惊喜地说："你也会厨艺？"

晓星说："一点点吧！摘摘小葱，递递酱油……"

这也叫厨艺！这小子无非是想找个借口，继续跟储妃唠叨他的史前鱼罢了。

储妃笑着说："那好，你来做我的小帮手好了，约翰，你替我招呼小岚公主。"

"母亲大人，本人乐于效劳！"约翰笑嘻嘻地说。

晓星跟在储妃后面走了，一边走一边迫不及待地跟储妃说："我那条肯定是史前鱼，一定是……"

等他们一走，约翰一手拉着小岚，一手拉着晓晴，说："走，我带你们去亚加山顶看云！"

第6章
花园里的愿望树

所谓的亚加山，原来只不过是王储府花园后面的一座小山岗。"冲啊！"三个少男少女一阵冲锋，一会儿就跑上了山顶。

山顶上是一大片绿草地，约翰往草地上一倒，指着蓝天大声咋呼着："小岚、晓晴，你们快看，好美的云啊！"那开心样子，真像个好奇的小孩子。

那绿色的草地令人有一种想亲近的欲望，小岚和晓晴也情不自禁地学着约翰，呈大字形躺倒在草地上。那软绵绵的感觉很棒！

再抬眼望向蓝天，啊，真的很美！

那种蓝，明艳、清澈、透明，绝不是在中国香港或在乌莎努尔可以看到的，早就听说胡鲁国是一个无污染的国家，果然名不虚传！

蓝天上，一朵朵大小不一的白云在飘动，那云很白很白，纯洁无瑕。

"看，像不像一头牛？"约翰指着西边一朵很大的白云说，那云不但有身子，有四只脚，有脑袋，还隐约见到头上

有两只角。

"哈哈，真像！"晓晴拍起手来。

小岚禁不住也乐了。看云，这是她小时候常干的事，她犹爱看傍晚时的火烧云，为此，她把萧红的散文《火烧云》倒背如流。

"这些都是积云。积云的形状不规则，体积也不定，并且变化也多。积云是常见的云，各种季节都能出现。"约翰如数家珍，"云分四大类——"

"啊，你好厉害！"晓晴坐了起来，眼睛睁得大大地盯着约翰，脸上露出着迷的神情。

约翰受到了鼓舞，说得更眉飞色舞："知道是谁最先尝试把云分类的吗？那是19世纪初法国的自然学家拉马克。过了不久，在公元1903年，英国药剂师霍华德创造了一个云的分类法，被广泛接受。霍华德的体系是基于四种主要形态的云：独立分布的积云、层层相叠的层云、羽毛状的卷云及会下雨的云，然后再细分为10个基本类别，并根据它们具有的形状而命名。这一分类模式保留至今，仍为气象人员所采用……"

躺在绿油油的草地上，欣赏着迷人的蓝天白云，听着约翰的侃侃而谈，的确是一大乐事，但小岚急着想向约翰了解王储的情况，无意再去享受这"浮生半日闲"，她一而再地

有意去转移话题，但约翰对蓝天白云何等钟情，更加上晓晴像个热情的小粉丝一样，所以这天文学"讲座"进行了一小时，仍没有结束的意思。

小岚多次尝试都未能成功，便在喉咙里咕噜了一句："真是个天文痴！"

"什么？"约翰听得不清楚，反问，"你有什么有关天文的知识想知道，尽管问，我乐意回答。"

"暂时没有！"小岚赶紧说，"看云很有趣，不过我看得眼睛有点发酸了，想到花园里走走，看看绿色植物。"

"遵命！"约翰一骨碌爬了起来，他一伸手，也把小岚拉起来了。

晓晴仍赖在草地上不想起来："哎哟，还早嘛！"

约翰一听忙说："那我们再……"

小岚唯恐约翰又再延续他的天文报告，忙拉着他的手往下跑，边跑边说："冲啊！"两个人嘻嘻哈哈地，很快就冲下了亚加山。

回头一看，咦，把晓晴弄丢了。小岚眼珠一转，这样正好呢！省得她又跟约翰越扯越远，自己反而没法了解想知道的东西。

约翰说："不要紧的，我叫人在这等她好了。我们先到

那边走走。"

小岚笑说:"好啊!"

两人走在一条林荫小路上,约翰仍然主动去牵小岚的手。素知胡鲁国人热情,小岚也大大方方的,并不躲避。两人牵着手晃呀晃的,很是开心。

穿过一个小树林时,约翰在一棵紫荆树前停下了。他看着树干,很不满地说:"该死,谁这么大胆,在这树上乱涂乱画,妈妈见了一定不高兴。"

小岚一看,真的,有人用红色涂料在树上写了好多个问号。她用手拭了拭,发现那并非红色涂料,倒像是女士用的口红。也许是哪位为爱烦恼的女子,心中疑惑解不开,把许多问号写在这树上吧!

约翰掏出一块手帕,使劲去擦那些问号。问号倒是不见了,但树干上却留下一片红色污渍。

"要我知道是谁干的,决不饶恕!"约翰生气地说。

小岚有点奇怪,不知他为什么有这样大的反应。

约翰见小岚疑惑的样子,便小声说:"告诉你一个秘密,这是一棵愿望树。"

"愿望树?"

"愿望树是我们这里小孩子爱玩的游戏,说是把自己的

愿望写下来，埋在一棵树下，到长大以后，这愿望就会实现。"

"这棵就是我爸爸妈妈和二叔的愿望树。"约翰说，"他们十岁那年，分别把自己的愿望写下来，放在一个小盒子里，埋在这棵树下。"

小岚好奇地问："那你是怎么知道的？"

约翰调皮地眨眨眼睛："小时候有一次，我爸爸妈妈谈起这事，让我听到了……"

"哈哈，你坏，偷听爸爸妈妈说话！"小岚笑道。

"那不叫偷听，是他们的话硬飘进我的耳朵！"约翰也笑了起来。

小岚又问："看样子，你跟爸爸妈妈的感情挺好的。"

"嗯，我很爱他们。"约翰说，"不过，上中学时我就一个人去了外国读书，一年只回国两三次，因为功课太忙，每次回来都匆匆忙忙的，顶多住十天八天就走了。这次是因为二叔出事，我才留下来时间长一点。可能离开久了，跟妈妈倒还亲亲热热的，和爸爸就有点生疏了，回来后跟他一起吃过几顿饭，彼此都客客气气的，一点不像父子。"

小岚眨眨眼睛："可能因为你们长期以来聚少离多的缘故吧，再过些时候，就会好的。"

约翰耸耸肩："也许吧！"

小岚又说："你爸爸妈妈一定很相爱吧？"

"对。"约翰停了停，又说，"自从我懂事以后，就没见他们吵过嘴，彼此总是相敬如宾。但不知道为什么，依莲婆婆告诉我，说妈妈不喜欢爸爸。"

依莲婆婆是从小照顾约翰的老佣人。

小岚挺感兴趣的，问道："奇怪，依莲婆婆有什么根据吗？"

"她说，妈妈结婚第二天，就一个人躲起来哭了好久。之后好长一段时间她一直神情忧郁。"约翰叹了口气，好像很心疼妈妈，"依莲婆婆说，爸爸妈妈的婚事是爷爷奶奶他们订下来的，也许，是妈妈根本不喜欢爸爸，所以不开心吧！"

小岚听了若有所思。

这时，约翰的手机响了，是储妃让他们回去吃饭呢！刚好，晓晴也在侍女的陪同下找来了。一见面，晓晴便给了小岚一捶，嚷嚷着："你真坏，也不等等我！"

小岚笑着说："你不是还想看云吗？就让你看个够嘛！"

王储没回来，所以一张长长的桌子旁只坐了储妃两母子及三位客人，反而侍候的仆人在身后站了一圈。

晚饭太丰盛了，一桌子的菜，每样尝一口就已经饱了。有两样菜是储妃做的，味道还真不错呢，客人们都赞不绝口。

晓星那家伙向来很有长辈缘，他嘴巴甜甜的，把储妃哄得十分开心。末了，储妃还非要留他们在王储府住一晚呢！

晓星当然高兴，他还想跟储妃聊他的鱼；晓晴显然也高兴，看来这小妮子对小王子约翰一见钟情了；小岚因为还想从约翰那里多了解一些情况，也很乐意留宿一晚。约翰十分开心，马上打了个电话，兴冲冲地吩咐侍仆们什么。

晚饭后，大家又聊了一会儿，约翰就神秘兮兮地拉着小岚他们三个人出去了，说是要给他们一个惊喜。

他还是带着大家往亚加山上跑。小岚心里暗暗叫苦，这家伙，肯定又会没完没了地讲他的蓝天白云、星星月亮。

但一跑上山顶，大家就不约而同地欢呼起来！

"哇！"这是晓星的怪叫。

"啊！"这是晓晴的尖叫。

"噢！"这是小岚的惊叫。

怪不得他们如此诧异，亚加山山顶的草地上，不知什么时候架起了四座小帐篷，帐篷内灯火通明，看上去就像四座神秘的童话小城堡。

晓星兴奋得声音也发颤了："约翰哥哥，难道，难道我

们今晚会在这里露营吗？！"

约翰大声说："没……错！"

"太好啦，太好啦！"晓晴也高兴得快疯了。

约翰似乎更留意小岚的反应，见小岚满脸兴奋，他笑得好开心，殷勤地说："来，带你们进去参观一下。"

他们走进其中一座小帐篷，里面更精彩呢！行军床、被铺、床头柜，甚至还有放满了零食和饮品的食物柜。晓星兴奋得这里摸摸、那里摸摸，嘴里嚷嚷着："我睡这里，我睡这里！"

小岚走进另一座小帐篷，那里面的布置和前一座是一样的，但她故意大声嚷着："哇，这里更漂亮，我要睡这里！"

晓星听了慌忙跑过来，喊道："别别……我要换，我要换！"

大家哈哈大笑起来。

四个少男少女躺在熠熠星空下，真有一种让星星簇拥、让夜幕包围的感觉，很浪漫，很有童话氛围。

只有晓晴的眼睛一直追随着约翰这颗"星"，她用温柔的声音对约翰说："小王子，我还想听你讲天文知识呢！"

约翰刚想说话，小岚赶紧打断说："我倒有个新

提议。"

约翰很感兴趣，马上问："什么提议？"

小岚说："看见这么多星星，倒让我想起了小时候很多事情。不如，我们每个人讲一件小时候和爸爸妈妈在一起发生的趣事。好不好？"

小岚醉翁之意不在酒，她是想趁约翰回忆往事时，多了解一下王储和二王子。

没想到约翰立刻表现出极大的兴趣，他兴致勃勃地说："好啊好啊！我正想知道你小时候的事呢！晓星刚才在来的路上跟我讲了几句，说你是外星人的后代，真的吗？"

好一个多嘴多舌的家伙！小岚不由得狠狠瞪了晓星一眼。

但晓星却一点没察觉，还抢着说："嘿，这件事我最清楚。几天前，我们无意中被时空器带回过去，回到了1992年9月20日，即马叔叔和赵阿姨在西安江边的长椅上捡到小岚姐姐的那天清晨。哇，那过程好刺激啊，这个我等会儿再详细告诉你。我们赶到江边，藏在树后面，想看看究竟是谁把小岚姐姐放在长椅上的。哇，远远见到两个外星人抱着个婴儿走来了，眼看真相大白，谁知这时两个巡警路过，他们见到我们一帮人大清早藏在树后面探头探脑的，把我们当贼了，

有个警察大喊一声'什么人？'唉，这下完了，两个外星人马上不见了。为了不被抓去当小白鼠一样研究，我们只好拔腿就跑。那些警察一点不肯放过，幸好在拐弯处见到那位送我们进市区的伯伯，他不放心我们天没亮在街上走，特地转回来看看，没想到救了我们。我们上了伯伯的车，把警察甩掉了。"

约翰好奇地问："那外星人手里抱着的，真是小岚吗？"

晓星说："这倒不知道，事后我们大家一起分析过，有几种可能。一，那外星人抱着的就是小岚姐姐，是他们把小岚姐姐放在长椅上的。二，那外星人抱的是另一个小孩，他们只是刚好路过……"

小岚见晓星说个没完没了，把她的计划搞砸了，就没好气地说："晓星，我什么时候委任你当我的发言人啦？晓晴，咯吱侍候！"

"是！"晓晴本来很想听听小王子小时候的故事，所以完全支持小岚。

"救命！"晓星没来得及逃跑，被两个姐姐按倒在地。

一阵阵笑声，在夜空回旋。

第7章
愿望盒子

小岚被叽叽喳喳的鸟叫声吵醒了。

走出帐篷，天刚蒙蒙亮，太阳还没升起来。小岚看看其他三座帐篷，晓晴的帐门掩得严严密密的，肯定还没起来；约翰的帐门耷拉着，想必也还在睡；再看看晓星的帐篷，门敞开着，里面没有人。

晓星一大早去哪儿了？原来天刚亮时他做了个梦，梦见有只小松鼠来搔他的脚底，弄得他痒痒的。他越用力蹬，松鼠就越搔得起劲，他实在忍不住了，一骨碌爬起来，一看，哪有什么松鼠，原来是他睡得太不安分，一只脚从行军床上搭下来，碰到地上的小草了。

是小草在挠他的痒呢！

"坏蛋小草！"晓星嘟嘟哝哝地埋怨了几句，又爬上床睡了。

才睡了一会儿，脚底又痒起来。他睁大眼睛，咦，脚好好地搁在床上，难道是小草长到床上来了。噢，这胡鲁国的草好厉害，才一晚上就蹿那么高了！

晓星坐了起来，伸手想拔掉那棵草，却抓住了一条毛茸

茸的尾巴。他吓得一松手，借着晨光，他看见了床上有一只小松鼠！

啊，真的是一只小松鼠！看，它正用黑珠子似的眼睛看着晓星，双爪还捧着两个核桃呢——那是馋嘴的晓星晚上临睡前吃剩的，扔在床上了！

小松鼠突然一转身，跳跳跑跑，逃出帐篷外了。

"小松鼠别跑！"晓星喊了一声，追了出去。

松鼠跑下小山，然后窜进一片树林里，不见了。

晓星嘟嘟哝哝地说："小家伙，跟我捉起迷藏来了！我非找到你不可。"

晓星轻手轻脚地往树林里走，哈，看见了，看见小松鼠了！

它正站在一棵紫荆树下，用手在扒呀扒呀，挖了一个洞，然后把两个核桃放进去。

哈哈，竟然把东西藏起来！晓星听说过，松鼠有把食物藏起来的习惯，方便它们冬天时挖出来吃。

小松鼠把洞填好，四处望了一下，跑了。

哼哼，我就让你知道什么叫做"黄雀在后"！晓星开心地跑到那棵紫荆树下，拿过路边不知谁扔在那里的一个小铲子，把松鼠刚填上的洞又挖开，哈哈，小松鼠偷的两个核桃就在里面。

　　晓星刚想把核桃拿出来，突然发觉，核桃下面，还有些什么，硬硬的，平平的。这小家伙难道还在下面藏了什么？晓星用铲子又再铲了起来，啊，是个盒子！

　　哇，这些小松鼠好厉害，不但藏食物，还藏宝呢！晓星大喜，这回呀，一定让晓晴姐姐和妮娃眼红，说不定，连小岚姐姐都对自己另眼相看呢！

　　晓星拿起盒子，就猛奔回亚加山上去。

　　晓星见到小岚正在山顶上做操，便喊道："小岚姐姐，看我找到了什么！"

　　小岚看见晓星手里捧着一个小盒子，便问："什么东西？"

　　晓星兴奋地往草地上一坐："小岚姐姐，我们一起看。这是松鼠藏的宝贝呢！"

　　"松鼠藏的宝贝？"小岚很奇怪，"松鼠会把这么大的盒子藏起来？"

　　"什么松鼠藏宝贝？"晓晴不知什么时候醒了，睡眼惺忪地走了过来。

　　晓星兴奋地说："是呀，我亲眼见它藏的。"

　　晓星简单地把事情说了一遍。小松鼠如何偷核桃吃，他如何追了出去，结果发现了松鼠的藏宝洞……

　　小岚惊讶地睁大了眼睛，不会吧，只听过松鼠有藏食物

过冬的习惯，却从不知道它们还会把个铁盒子埋在地下。这晓星，还真碰上了一件奇事呢！

晓晴已迫不及待了，她好奇地凑了过来："快打开看看，盒子里是什么东西！"

盒子是铁做的，应该日子不短了，外面锈渍斑斑，晓星和晓晴费了好大的劲，才把盖子揭开。

里面有三封信。

"唉——"晓星有点失望，"还以为里面有什么宝贝呢！原来只是三封信。奇怪，松鼠把信藏起来干什么？难道是它跟松鼠女孩的情书？"

"乱弹琴！"小岚倒是兴致勃勃的，她伸手拿起一个白色的信封。信封上只写着一个名字：米高。小岚马上神情错愕。

"米高？"晓晴疑惑地说。

小岚没回答，她又急忙拿起另一个粉红色的信封，上面写着的也是一个名字：云妮。

"云妮？"晓星也探过头来看。

小岚知道发生什么事了，最后拿起第三个蓝色封信，果然如她所料，上面写着：麦克。

她急忙问晓星："这盒子是在一棵紫荆树下发现的吗？"

晓星奇怪地反问："小岚姐姐，你怎么知道的！"

小岚说："你把王储兄弟，还有储妃小时候埋下的愿望盒子挖出来了。"

"啊！"晓星大吃一惊，"真的吗？小岚姐姐，你怎么知道的？"

晓晴也马上兴致勃勃的："哇，这事情开始有趣了！"

小岚把昨天路过树林时，约翰说的话告诉了他们。晓星眼睛张得大大的："好巧啊！"

小岚把盒子重新盖上，说："虽然是小孩子的玩意，但毕竟是别人的隐私，你赶快拿回去，在原来的地方埋好。"

"好的！"晓星答应了一声，抱起盒子就走。

"慢！"晓晴对小岚说，"你真的不想看看吗？我想，说不定这里就有解开王子枪击案的秘密呢！"

小岚一听犹豫了，不排除有这个可能！

晓晴朝晓星使了个眼色。晓星马上走回来，把盒子打开，放在小岚面前。其实他十分好奇想知道信封里写的是什么。

小岚犹豫了一会儿，终于下了决心，拿起了米高的愿望信。她小心地打开信封，里面有一张小纸条，上面写着歪歪扭扭的一行字——我长大要跟云妮结婚。

"哇，真有趣！原来王储十岁时就喜欢储妃。看来，他的愿望已经成真了。"晓星开心地说。

晓晴眼里露出惊喜的光："这愿望盒子真灵啊！"

小岚又拿起麦克的愿望信，打开一看，上面有一行字——我喜欢云妮，我要娶她做妻子！

晓晴和晓星几乎一齐喊起来："原来他们两兄弟都喜欢储妃！"

剩下储妃的愿望信了。小岚把信拿起，信封是粉红色的，上面印着心形图案。不知道她写了什么愿望，也是写上喜欢的人吗？如果是，不知道她写的是谁？会不会是两位王子中的一个？那又会是哥哥还是弟弟？

三个人相互看了看，不由得有点紧张起来。小岚慢慢打开了储妃的愿望信，上面赫然写着——我希望能成为米高的妻子！

"哇！太妙了！"晓星竟然拍起掌来，"这就叫有情人终成眷属，对吗，小岚姐姐？"

小岚没有回答，她正愣愣地想着什么。

晓晴却把眼睛望向远处，嘴角露出甜蜜的笑容，不知她想起了什么开心的事。

小岚把信放回盒子，对晓星说："你把盒子放回紫荆树下吧。"

"好的。"晓星拿着盒子走了。

晓星离开后，两个女孩都坐在草地上发呆。

晓晴仍嘴角带笑，在入神地想着愿望盒子的事。

小岚则在沉思。一个疑问在她脑海里升腾。按愿望信中所写，储妃应该很喜欢米高王储，但为什么老佣人依莲说，储妃在结婚第二天，就一个人躲起来哭了好久，之后好长一段时间一直神情忧郁。这似乎不合情理呀！

"嘿，你们在发什么呆？"约翰不知从什么地方冒了出来，把两人吓了一大跳。

小岚问道："咦，你不是还在帐篷里睡觉吗？"

"我哪有这么懒！天还没亮，我就到湖边跑步去了。"约翰又笑嘻嘻地说，"昨晚睡得好吗？招呼不周之处，请两位多多包涵。"

晓晴抢着说："好得不得了！简直从未有过的好。谢谢小王子，给我们安排了这么有意思的活动！"

"是吗！"约翰笑得眯起眼睛，他又对小岚说，"那你们留下再住几天吧，保证每晚都有惊喜。"

晓晴一听，马上说："好啊好啊！"说完又摇着小岚的胳膊："小王子一片诚意，快答应吧！"

小岚摇摇头，笑着说："谢谢安排。不过，我们一定要

走了。我们今天上午要去拜候女王，下午要去看望茜茜公主，所以，不能不回去了。"

晓晴嘴巴撅得高高的。

约翰有点遗憾，他又说："我们可以再约见面吗？"

小岚说："当然可以！我还会留几天再走。"

晓晴又来精神了："是呀是呀，我们可以再安排时间。"

"太好了！那一言为定，我们改天再约！"约翰说。

第8章
女王奶奶

一间充满古老欧陆宫廷色彩的大厅里，光线稍微有点昏暗。小岚跟在侍从官后面走进房间后，花了十几秒钟时间，才看到房间中央的一张单人沙发上，坐着一个头发花白的老人。

她有着一张令人难忘的脸——瘦削、坚毅，眼神很锐利，像一下子就可以把人的心思看穿；嘴巴紧抿着，嘴角微微下塌，给人一种威严的感觉。

只是从她略显苍白的脸上，可以看出她有病在身。

她就是胡鲁国的最高统治者、茜茜公主的奶奶玛丽女王。

小岚慌忙向女王行了个屈膝礼。

"小岚公主，请坐！"女王指了指身边一张沙发。

"是！"小岚尽量让自己走路斯文一点，走到女王身边坐下。

小岚微笑着说："女王陛下，您身体好点了没有？万卡国王知道您患病的消息，很是挂念，特派我前来问候。"

"多谢万卡国王关心。"玛丽女王和蔼地说。

小岚又说："女王是胡鲁国的擎天柱，请千万保重身

体，早日康复！"

"谢谢你！"玛丽女王笑着端详了小岚一会儿，弄得向来大方的小岚都有点不好意思了。

"好一个端庄美丽的孩子！所有东方国家的孩子都这么优雅这么可爱吗？真是令人疼爱！"

"谢谢女王陛下的夸奖。"小岚尽量压抑着得意的情绪，谦逊地说。

"小岚公主温文尔雅、大方得体，不像我那小孙女，刁蛮任性，做事不顾后果。"

小岚心想，老奶奶，那你就大错特错了，我马小岚要任性起来，可以把您的王宫翻个底朝天呢！只是作为国家使节，不乖不行，况且，自己还肩负替茜茜公主查案的重担呢！给女王一个好印象，才能搜集更多线索。于是她朝着女王抿嘴一笑，十足一个温驯的乖女孩："女王陛下过奖了。其实茜茜公主也很懂事，刚才本来她也想和我一块儿来看您的，只是怕惹您生气，才没有来。"

玛丽女王笑了笑，说："小岚公主，你就别哄我高兴了，我还不知道那小妮子的脾气吗？犟得像头牛。每次生气，我要不主动去哄她，她可以一直不理我呢！何况这次……"她说到这里停住了，脸上流露出一丝

悲痛。

　　她很快便控制住自己的情绪，带着欣赏的笑容继续看着小岚，又问："听说，乌莎努尔王室灭门惨案，是你帮助侦破的，霍雷尔家族后人重掌政权，也是你的功劳，你小小年纪，文弱秀气的女孩子一个，何来这么多的智慧与勇气？"

　　"女王陛下过奖了。"小岚笑着说，"这次乌莎努尔公国王室惨案真相大白，权力归还霍雷尔后人，并非我的功劳，只是上天不忍生灵涂炭，国家动乱，所以借我的手，还乌莎努尔人民一个安定繁荣的社会罢了。因为只有王室的安定，才有国家的安定。"

　　"说得好，说得好！只有王室的安定，才有国家的安定。"女王点点头，表示赞赏，"要是我那个茜茜小公主像你这样想就好了。相信你也知道，她对枪击事件一直耿耿于怀，像她这样闹下去，真不知会造成怎样的后果。我已经失去了一个儿子，不可以再失去另一个。况且，我是看着两个儿子长大的，相信他们绝不会做出手足相残的事。"女王叹了一口气，说，"我年纪大了，也打算找个适当时机，正式宣布退位。国家要的是一个有公信力的新国王，所以，我希望事情快点完结，希望尽快忘掉这件不幸的事……"

　　小岚同情地看着女王。

　　女王说完，拉起小岚的手，双眼直视着她："就像早前的乌莎努尔面临的危机一样，一个君主制国家，如果没有一个有王族血统的、有公信力的合法继位人，那就会引起大乱。不同党派的人为了自己的利益，都会千方百计把自己心目中的人选扶上王位，那时，就会纷争不断、天下大乱。好孩子，你明白我的意思吗？"

小岚仿佛觉得，女王那双锐利的眼睛看穿了自己的心思。

难道女王猜到了自己查案的事？

女王希望事情就此了结，心情可以理解。如果王储真有问题，她就要面对自己不想见到的残酷现实；如果王储是清白的，会因破案无期而一直不明不白地背负着杀弟罪名，即使登位，也难以服众。

看着女王的眼睛，小岚动摇了，她真诚地说："女王陛下，我很明白。"

女王微微一笑："真是个聪明的孩子！"

女王突然想起什么："不是还有两位副使吗？他们有没有来？"

小岚说："有啊！在外面等着呢。"

女王马上按铃，让侍从官请两位副使进来。

晓星在外面早已等得不耐烦了，会客室的门一开，他就跑了进来。晓晴一把没拉住，只好顿了一下脚，急步跟着进去了。两人一齐朝女王鞠了一个九十度的躬："女王陛下，

不是公主不聚头

您好！"

"呵呵呵，又是两个漂亮孩子！"她笑眯眯地看看晓晴，又看看晓星，然后慈祥地朝他们招招手，"来，过来坐。"

"是！"晓晴、晓星在女王指定的椅子上坐下了。

晓星大大咧咧地说："我可以称呼您女王奶奶吗？"

女王一听乐了，还从来没有人这样称呼她呢！她忙说："好，好，就叫女王奶奶吧，我喜欢！"

晓星坐直身子，说："女王奶奶，您身体怎样了？听说您生病，我好想马上进来看您，刚才在外面急得走来走去，就像……就像热锅上的蚂蚁。"

"热锅上的蚂蚁？"

"是呀！这句话的意思是说，蚂蚁在一个烧热了的锅上爬着，锅越来越热，但蚂蚁又没法离开热锅，只好着急地爬来爬去。我刚才在外面，就是着急得走来走去。"

"真对不起，真对不起！女王奶奶让你们久等了。"女王拉着晓星的手，感到又感动又内疚。

"女王奶奶，不要紧的。我们是小孩子，小孩子等长辈，没关系。"晓晴也嘴巴甜甜地说。

"呵呵呵！"女王迭声说，"真是好孩子！真是好孩子！"

晓星又问："奶奶，您身体怎样了？"

女王忙说："我这是老毛病了，休息一段时间就好。"

晓星环视了一下女王的会客室，说："女王奶奶，您这里漂亮是漂亮，但是空气不太好。您病了，应该多呼吸新鲜空气，多晒晒太阳。"

女王说："我知道，但是，我年纪大了，又身体不好，不想走动呢！"

晓星一本正经地瞧了瞧女王："嗨！奶奶，您才不老，您还很年轻呢！真的，骗您是小狗！"

女王听得笑逐颜开。晓晴在一旁也帮口说："是呀，晓星说的没错，您真的很年轻呢，真不敢相信您已经有孙子了！"

真是千穿万穿，马屁不穿，女王一高兴，还真答应跟他们一块儿出去晒太阳了。

侍从官听说女王要出去，诧异得张大嘴巴。因为医生多次建议女王多到户外晒太阳，但女王毕竟是个守旧的老人家，不会接受生病还出去吹风晒太阳的，所以一直没出去过。没想到，今天来了几个孩子，竟可以说服她改变初衷。

女王见他发呆，又叫了他一声，他才高高兴兴找轮椅去了。

第9章
在二王子墓前

离开女王寝宫之后，小岚跟晓晴、晓星宣布："我决定不再调查王子枪击案了。我决定明天就回乌莎努尔。"

"这么快就走啊，我反对！"晓晴一听马上说，"你不是答应了茜茜公主，要帮她把事情查个水落石出吗？你不是刚刚从储妃的愿望信中察觉了一点可疑吗？储妃既然希望做米高王子的妻子，但当她实现愿望跟王储结婚，却又那么伤心，这很奇怪啊！"

小岚懒洋洋地说："也许这代表不了什么，或者她小时候思想不成熟，考虑问题不周全，长大后，懂事了，也知道自己最需要什么了，就不再喜欢王储了。"

晓星嘟囔着："小岚姐姐真善变！"

晓晴附和说："可不是嘛！"

"哈，你们两姐弟什么时候又成'统一战线'了？"小岚没好气地说，"不是我善变，而是想尊重女王意愿。女王不想事情闹大，造成更大的影响。"

晓星说："你不帮茜茜姐姐忙，她一生气，又跑到乌莎

努尔找万卡哥哥，那你又有麻烦了。"

"废话！"小岚瞪了晓星一眼，"她找万卡关我什么事！"

晓星固执地说："当然有啦！她老喜欢抱抱万卡哥哥，万一她爱上万卡哥哥，那你怎么办？"

晓晴也说："是呀是呀，茜茜公主跟万卡青梅竹马，一看就知道她有多喜欢万卡。人生失意时，就会寻找一段爱情去填补空虚，那时你就……"

小岚没等晓晴说完，就气急败坏地说："我怎么啦？她想爱谁就爱谁，关我什么事？我才不管呢！"

偏偏晓星不知轻重，固执地说："你不能不管，因为你才应该跟万卡哥哥恋爱呀！"

"不管不管不管！"小岚气呼呼地说，"她喜欢抱就抱，喜欢恋爱就恋爱。听着，明天我们就回乌莎努尔！铁定，不许反对！"

"这么凶干什么！人家只是想你跟万卡哥哥恋爱嘛。"晓星委屈地说。

晓晴就小声地嘀咕着："发什么脾气，怕是说中你大小姐的心事了吧！"

"我们现在就去跟茜茜道别！"小岚气哼哼走在前头，往茜茜公主住的地方走去了。

茜茜公主没在家。照料她的侍女展霞是个越南女孩，她热情地招呼着这三位同是黄皮肤的尊贵客人。当小岚问可以在哪里找到茜茜公主时，展霞眼睛红红地说："我猜，她一定在绿茵河边。"

小岚问："她在散步吗？"

展霞喉咙哽咽了一下，说："不，二王子的墓就在绿茵河边，公主一有空就会往那里跑。"

"啊！"小岚和晓晴、晓星互相看着，心里都很难过。

三人离开公主府，默默地向绿茵河边走去。

晓星大声叹了一口气，说："茜茜姐姐真惨！"

绿茵河，像一条玉带一样绕着王宫东面，河水翠绿翠绿的，河边种了很多树，远远看去，美丽得就像一幅水彩画。

这么美丽的地方，竟然埋藏着一个悲伤的故事，而故事的主角，就是茜茜小公主。

"你们看，茜茜姐姐在那里！"晓星指着不远处说。

可以看到茜茜公主站在花丛里，她手里捧着一束花，还不时弯下身子，采摘更多的花朵。一会儿她直起身子，向河边走去。

绿树环绕着一个墓碑，那一定是二王子的墓地。茜茜公

主轻轻地把花束放下，然后蹲在墓前。

晓星想跑过去，被小岚拉住了："先别打扰她，我们等一会儿再过去。"

三个人闪在一棵枝叶茂盛的树后面，这样茜茜公主就不会看见他们了。

茜茜公主一边喊着"爸爸"，一边痛哭起来。之后又听到她说："爸爸，您为什么扔下我，为什么不让我最后看一眼，您就狠心地走了。"

小岚心里十分难过，晓晴眼圈也红了，晓星在使劲地眨巴眼睛。

正在这时，听到右侧处有人走来，踏得树叶"咔嚓咔嚓"作响。

大家一看，竟是王储米高！

他手里拿着一束鲜花，正向墓地走去。忽然，他停住了脚步。他显然听到了茜茜公主的哭声。

由于枝叶遮挡，王储没看到小岚他们，但小岚他们却能从缝隙中，清楚地看到王储。

王储看着茜茜公主，脸色突然变得苍白，他拿着花的手也颤抖起来。

啊，他流泪了！看到一位至高无上的王储流泪，小岚感到异常震撼，王储脸上神情何等复杂，有爱，有关怀，有怜

惜，好像还有……

那是一个父亲对儿女才能有的神情。这说明，王储把茜茜公主当成了他的女儿！

茜茜公主在那边痛哭，王储在这边默默流泪，这情景，令刚强的小岚也为之动容，她也掉眼泪了。在她身边，晓晴、晓星早已泪流满脸。

王储突然把鲜花放在地下，向着墓地处鞠了一躬，然后转身走了。

那边茜茜公主哭累了，号哭变成了抽泣，她掏出一块手帕，一边哭一边轻轻擦着墓碑上的灰尘。

小岚拉着晓晴姐弟，悄悄从树后面走了出来。她捡起王储放下的花束，向着茜茜公主走了过去。

"茜茜。"

"茜茜姐姐。"

茜茜公主听到叫唤，抬起头："小岚，是你们。"她低头擦着眼泪。

小岚把花束放在墓碑前，又朝墓地深深三鞠躬。晓晴、晓星也一齐上前行了礼。

"谢谢！"茜茜公主声音嘶哑地说。

小岚拥抱了茜茜公主，又拍着她的背，说："别难过了，你父亲在地下，会不安的。"

没料到，话音没落，茜茜公主又哭起来了。她边哭边说："我跟父亲自小就聚少离多，五岁时母亲去世，在外国的姥姥就把我接去，到十二岁才回来。两年后，我又去了法国学芭蕾舞，每年只有寒暑两假回来住上一两个月。这次父亲不幸去世，我得到消息后赶回来，没想到连他遗容都没能见到。"

小岚惊问："为什么？"

茜茜公主恨恨地说："我是在父亲死后第三天才知道消息的，奶奶他们一直不跟我说。直到我接到通知赶回来，才知道爸爸已经下葬了。我就知道，他们不让我见父亲最后一面，肯定有问题。"

"哦？"小岚也觉得奇怪，这绝对不合情理，怪不得茜茜公主一直不肯罢休。

晓星这时插嘴说："茜茜姐姐，你不要再难过了，要好好保重身体。我们走了以后，你要好好照顾自己，要不，我们会不安的。"

"走？你们上哪儿去？"茜茜公主一副吃惊的样子。

"没、没事！"小岚企图阻止晓星说下去，这时候跟茜茜公主说走，说不再查下去，是太残忍了。

晓晴明白小岚的意思，也打了晓星脑袋一下："你住嘴！"

"干吗打我？"偏偏晓星不懂事，不满地说，"不是说明天就回乌莎努尔吗？"

茜茜公主开始扁嘴了："怎么？明天就回去？你们不帮我查下去了？"

小岚用身子挡住茜茜公主，拼命朝晓星摆手，叫他别再说下去。晓晴也伸手去捂晓星的嘴。可是晓星一点儿不明白，他一手推开晓晴，不满地说："你们干吗啦，这事早讲迟讲，还是得跟茜茜姐姐讲。"

"哇！连你们也不理我了，我怎么办啦！"茜茜公主放声大哭起来。

小岚和晓晴、晓星不知所措地站在一边，傻傻地看着茜茜公主。这茜茜公主流起泪来可不得了，简直可以用"泪如泉涌"来形容，大颗大颗的眼泪转眼就把衣襟打湿了。

真是个"哭泣包公主"！

小岚回过神来，她慌忙掏出纸巾，一边替茜茜公主擦眼泪，一边哄着她："别哭别哭，我们怎么会不理你，是晓星逗你玩呢！"

茜茜公主用怀疑的目光看了看小岚，她抽抽搭搭地问："真的？真的只是晓星逗我吗？"

"是是是！"小岚说着，又故意责备晓星，"你这家伙，干吗乱讲话？看，闯祸了！"一边说一边朝晓星

使眼色。

　　晓星被茜茜公主的眼泪吓怕了，只好赶紧说："是呀是呀，我跟你开玩笑呢，你别当真！"

　　茜茜公主不再哭了，她用那双蓝蓝的眼睛盯了晓星一会儿，好像在观察他是不是在说谎。一会儿，她伸出拳头捶了晓星几下："晓星，你好坏！我也觉得奇怪嘛，小岚对我这么好，怎会就这么不负责任地走了呢！"

　　晓星嘀咕着："哼哼，小岚姐姐就是想这么不负责任地走了呢！"

　　茜茜公主问："晓星，你说什么呀？"

　　晓星忙摇头说："没没没，没说什么。"

　　这时，小岚说："茜茜，你放心好了，事情没弄清楚之前，我是决不会走的。"

　　晓晴赶紧说："是是是，我们不会走，我们还要留好多天。"

　　茜茜公主这才放下心，她满是眼泪的脸上绽开了笑容，说："那为了表示你们的诚意，今晚得陪我玩一晚上游戏机！"

　　"好啊，没问题！绝对没问题！"说这话的是晓星。这家伙，一听到"游戏机"三个字就两眼放光芒。

　　小岚和晓晴对那玩意儿兴趣不大，小岚说："茜茜，那就让晓星陪你玩好了。"

　　茜茜公主把嘴撅得高高的："不嘛，人多才热闹！我要你们三人一起陪我玩。"

　　晓晴哄她说："茜茜公主，就让晓星一个人陪你玩吧，我和小岚替你去查案，好不好？"

　　小岚附和说："对，我们去查案，查案！"

　　"明天查也行啊！"茜茜公主皱着眉头看着小岚，嘴巴一扁，眼泪又吧嗒吧嗒地往下掉，"你们又不理我了，你们是不是讨厌我，哇！"

　　又来了又来了！这娇娇公主的眼泪怎么来得这么快！

　　"好啦好啦，我们陪你玩就是！"小岚无奈地说。

　　当晚，一吃完饭，茜茜公主就拉着晓晴、晓星去游戏机室。那游戏机室可真有点夸张，大得像街上那些机铺，里面的大型游戏机有二十几台，每台都有着不同的新式游戏。晓星一进去就闲不下来了，摸摸那台游戏机，又看看这台游戏机，嘴里还不住发出"啧啧"的赞叹声："哇，全是最新最好玩的游戏呢！"

　　茜茜公主得意地说："你不知道我是个有名的'小机迷'吗？"

"哇，那我们是同类了！"晓星竟高兴得欢呼起来。

两个人一人跑到一台机前面，就玩开了。

"哎，你们也玩啊！"茜茜公主扭头，对小岚和晓晴说。

晓晴无奈地说："我们不会！"

"噢，真可惜！"茜茜公主耸耸肩，又说，"那你们在一边看吧，看也挺有意思！"

"对，你们在后面看着我们打！"晓星兴高采烈地说。他一直希望向姐姐们展示他打机技巧的"天下无敌"，可不管他怎样央求，小岚和晓晴都一直不肯"赏脸"，现在他可以如愿了。

小岚和晓晴无奈地在他俩后面观战，但一会儿就提不起兴趣了，见茜茜公主玩得兴高采烈的，晓晴在小岚耳边说："我们走吧！"

小岚一听正中下怀，忙点点头。两人转身，蹑手蹑脚地就要溜出门外，没想到却被晓星发觉了，他大喊道："姐姐，小岚姐姐，你们去哪里！"

茜茜公主把游戏按了暂停，她回过头，泪汪汪地看着小岚和晓晴，委屈地说："刚才不是说好了，你们陪我整个晚上的吗？怎么现在又要走……"

这下吓得小岚和晓晴赶紧停住脚步。晓晴说："不是不

是，我们没走呀，你看我们不是好好地待在这里看你们打机吗！"

"噢！那你们好好地看着，我快要打赢了！"茜茜公主又转身去继续"战斗"了。

身后两人把晓星恨得牙痒痒的："回去揍这家伙！"

过了不知多长时间，大获全胜的茜茜公主和晓星，正想向两位观战者炫耀战果，没想到那两位已瘫在屋角的一张沙发上，呼呼大睡了。

第10章
三个臭皮匠

"救命啊！救命啊！"

一阵阵凄厉的叫声。

莫非发生了凶杀案？！

慢着，好像是晓星的声音！

晓星怎么啦？！

原来他被两个女杀手按在地上……

事发现场是胡鲁国迎宾楼内一个豪华房间。

那两个女杀手竟然是马小岚和周晓晴呢！被逼在游戏机室"陪公主打机"，想溜走又遭晓星破坏，两人已窝了一肚子火。所以一回到迎宾楼，两人便实行报仇大计，对晓星大刑侍候——把他按在地上咯吱。

晓星最怕痒，便大叫救命。

"知道错在哪里吗？"小岚大声问。

晓星说："顶多以后不再强迫你们看打游戏机，行了吧？"

晓晴却不依不饶："这是起码的。还有其他表示吗？"

晓星挠头想了想，把自己的行李箱"啪"一下打开："你们可以在我的东西里面，挑一样喜欢的。"

晓晴拿眼睛瞄了瞄，说："我要……要你那部MP4！"

晓星牙疼似的倒吸了一口气："别的行不行？"

晓晴说："当然行，不过，还得咯吱侍候。"

"啊，我给，我给！"晓星苦着脸把他那部最新型的随身听交给晓晴。他又嘟着嘴问小岚："小岚姐姐，那你想要什么？"

"收起你那些破玩意儿，我才不会要你的东西！"小岚很帅气地把头发一甩。

晓星高兴地说："谢谢小岚姐姐不要我的破玩意儿！"

小岚说："好啦，好啦，我们要开始办正经事了。开会开会，我们一起分析案情。"

晓星巴不得小岚马上转移目标，免得她改变主意又来拿走自己什么心爱的东西，于是马上响应："好啊，开会啰，开会啰！"

晓晴说："小岚，我还以为你只是想先哄住茜茜公主，原来你真打算继续侦破枪击案呀！"

小岚不满地说："你们以为我是那种说话不算数的人吗？我之前不想查下去，是因为女王陛下不想我继续追究这

个案件！"

晓星惊讶地说："那为什么？难道女王奶奶不想事情水落石出吗？不想缉拿真正的凶手吗？"

"事情有那么简单就好了。我现在是左右为难呢！"

小岚把自己跟女王的谈话内容简单地讲了一遍。

晓晴说："我倒觉得女王的想法很对。一个君主制国家，王室动乱是很可怕的，那会引起大乱。况且，王储怎会是坏人呢，你看，他培养出了一个多么优秀的约翰小王子啊！"

晓星反驳说："那茜茜公主怎么办，她爸爸死了，死得不明不白，我们得帮她呀！"

小岚说："你们别争了，我已经答应茜茜公主，继续留下来查案，一言既出，驷马难追。但我们现在只能不着痕迹地暗中查探，决不能让女王察觉。"

晓晴说："本来就没多少线索，现在还得瞒住女王，不就更难了？"

小岚大声说："我们现在是'箭在弦上，不得不发'。但我相信，下了决心要做到的事，没有办不成的！"

晓星响应说："对，俗话说，'三个臭皮匠，胜过一个诸葛亮'，何况我们有小岚姐姐带领！天下事难不倒马小

岚，耶！"晓星说完，还做了一个胜利的手势。

晓晴朝晓星撇撇嘴："小马屁精！"

小岚得意地笑着："不啊，他只是讲了真话而已！"

"吁——"晓星打了个唿哨，得意洋洋地笑起来，气得晓晴直瞪眼睛。

小岚说："好啦好啦，既然你们这么喜欢斗嘴，我就给你们机会，下面我们玩一个辩论游戏……"

晓星说："好啊好啊，玩辩论游戏，我喜欢。尤其是和姐姐辩论。"说完还有意眨了晓晴一眼。

小岚说："别闹了，我们马上开始吧！今天的辩题是'枪击事件纯属意外'。由你们两姐弟进行辩论，晓晴做正方，晓星做反方。最后我根据你们的意见作出结论。"

"好！"晓晴恶狠狠地瞪着晓星说，"我认为枪击事件纯属意外……"

晓星马上大声反驳："我认为枪击事件是蓄意谋杀……"

晓晴提高声调："纯属意外！"

晓星像只好斗的公鸡，伸长脖子瞪着晓晴："蓄意谋杀！"

"停停停！"小岚大喊一声，"你们怎么啦，没学过辩论的规则吗？其中一条是'尊重别人的意见，等别人说完才

开始发言'！"

晓晴指着晓星："都是你！"

晓星也指着晓晴："都是你！"

"GoGoGo！"小岚生气了，"你们再不遵守游戏规则，就请马上离场，马上搭飞机回乌莎努尔，我不要你们协助了！"

这下倒奏效了。晓晴和晓星还不想走呢！两人马上坐直身子，晓晴说："好，我会遵守游戏规则。"

晓星也乖乖地说："小岚姐姐，我不会再打断姐姐的话了。"

小岚一挥手："好，现在重新开始。由正方先发言。"

晓晴说："我认为枪击事件纯属意外！王储没有一点杀人动机，他是王位继承人，他很快就是国王了，有必要去杀人吗？他又跟二王子是兄弟，无缘无故的，他为什么要杀自己亲兄弟？"

晓星坐直身子，说："我反对！我认为枪击事件是蓄意谋杀，根据案件重演，二王子不可能自己打伤自己，现场又没有第三者，所以只能是王储开枪杀了二王子。"

晓晴又说："王储绝对不会杀他的弟弟。你看王储多么

爱茜茜公主，对她就像对自己亲生女儿一样，这叫爱屋及乌。王储很爱他的弟弟，所以也爱他弟弟的女儿。"

晓星反驳说："他是因为内疚，他杀死了茜茜公主的父亲，所以他对茜茜公主特别好，是心里有鬼，他想弥补罪过！"

晓晴次次都被晓星驳回，有点急了，她嚷道："我说不是谋杀就不是谋杀，你看王宫里的人都那么好，约翰王子，储妃，王储，还有女王……"

晓星说："我不认为这样。你们想想看，王宫里的人竟然不等茜茜公主回国见父亲一面，就急急把二王子埋葬了，这不合情理。"

晓晴说："这只能说明，女王怕茜茜公主回来后，因为纠缠在父亲的死亡原因上面，不许把二王子下葬，所以趁她没回来前，先为二王子举行了葬礼。"

晓星说："不会的，如果真是疼爱茜茜公主，他们怎会这样做？因为，那是生离死别，这样一来，茜茜公主连父亲最后一面都见不到，这对她伤害是多么大，不管因为什么，都不能这样做，不能！"

晓星说着，眼圈竟红了。

"这……"对手晓晴语塞了。的确，如果她是茜茜公主，会伤心得死去的。她只能喃喃地作最后的挣扎："他们

全都没动机啊！王储没有杀死弟弟的动机，王室没有伤害茜茜公主的动机！没动机，所以有疑点也不可以怀疑到他们头上……"

"停！停停！"一直饶有兴趣地听他们两姐弟辩论的小岚突然站了起来，踱来踱去。她一次又一次地重复着晓晴那句话："没动机，所以有疑点也不可以怀疑？……"

小岚踱到窗前，抬头望着夜空，嘴里喃喃说着话："没有动机就不可以怀疑，要是有动机呢，如果有动机，那可能是什么动机？动机，动机……"

晓星跑到小岚身边，奇怪地问："小岚姐姐，你老说什么'鸡'？你想吃鸡吗，我去给你买！"

"去去去！"小岚一转身，径直朝晓晴走去，一把抱住她，叫道："晓晴，谢谢你！谢谢你替我开了窍！"

晓星有点失落，这小岚姐姐，这么快就"另结新欢"了。晓晴就受宠若惊，不知自己做了什么好事，获小岚如此"厚待"。

"喂喂，还傻站着干什么？快坐下来，我们再往下想。"小岚首先坐下了，晓晴和晓星见这样，知道是她想到了什么，也就乖乖坐到她对面，等她开口。

小岚兴奋地说："刚才晓晴说了一句话，没动机，

所以有疑点也不可以怀疑到他们头上，这倒提醒了我。一直以来，尽管案件有很多疑点，但不论是王室人员，或者茜茜公主，都没办法找到侦破办法。但如果我们来个逆向思维，假如有动机呢，可能许多问题就会迎刃而解。"

晓晴已忘了自己是这件事的正方，听到小岚是被她一句话提醒，禁不住得意地看了晓星一眼。

晓星听说事情有了转机，高兴得早把晓晴是对手的事忘了，他笑嘻嘻地朝姐姐翘了翘大拇指。

小岚说："好了，下面，我们就当是构思一本侦探小说，这本小说用了倒叙手法，一开头便讲，有个国家有一对双胞胎王子，即是王储和二王子。有一天，王储把二王子杀了，他为什么要杀兄弟，我们就来想想情节，因为什么事……"

晓星一听马上兴致勃勃地说："好玩好玩！我们就当是帮小岚姐姐构思小说。"

晓晴抢先说："因为王储想做国王！"

小岚表示很重视，记在本子上："好，因为想做国王。"

晓星接着说："因为二王子不小心得罪了王储。"

小岚也记下了："因为得罪……"

晓晴想了想，又说："因为王储想从二王子手里抢夺一件宝物，而二王子不肯！"

小岚又记下了："因为抢夺宝物。好，还有呢？"

晓星说："因为他们都喜欢上一个女孩子，所以王储把二王子杀了，好得到女孩子。"

小岚边记边点头："两个人同时喜欢上一个女孩子。噢，好小子，有意思，有意思！"

晓星一听可高兴了："真的？小岚姐姐，这次是不是因为我的话启发了你？"

"嗯，也许吧！"小岚含含糊糊地应着，"好，我们一起来分析一下。想篡位？不对，王储本身已是王位合法继承人。如果死的是王储，这才说得通。得罪？……这理由不大可能，只是因为得罪就杀人，不合理。抢夺宝物？好像没听茜茜公主讲过她爸爸有什么稀世宝贝，这个理由暂不考虑；至于同时喜欢上一女孩子，这倒是真的，因为他们的愿望信就是这样写的呀。但说是因为争女孩而杀人，这也不成立，因为娶了心爱女孩的人是王储。反而如果换成是二王子杀王储，这才合理。慢着……"

小岚眼睛突然一亮，她重复着刚才说过的话："如果死的是王储，这才说得通……如果换成是二王子杀王储，这才合理……我们来一个大胆假设，假如死的是王储，是否问题

就很容易解释了。"

"当然啦！如果死的是王储，活着的是二王子，那作案动机就很明显了，二王子杀掉王储，他就可以取而代之，代替王储当国王；二王子杀死王储，就可以夺回心爱的女孩。"晓晴突然明白了小岚的想法，她吃惊地说，"难道你怀疑……怀疑二王子因为要抢走王储的继承权，要夺回储妃，杀死了王储，然后假扮成王储？！"

晓星张大嘴巴，被小岚这个大胆的设想吓呆了，好一会儿才说了一句："不会吧！"

一时间，大家都没有作声，这推断未免太吓人了。

一会儿，晓晴点点头说："小岚的推断也不无道理，据说这两位王子长得一模一样，别人只能凭衣服颜色分辨。他们是兄弟，彼此有什么爱好什么习惯都了如指掌，要假冒起来，也不难。"

晓星说："不对不对，即使瞒得了旁人，也瞒不了家里人。我的意思是，即使其他王室人员认不出王储是假的，那储妃呢，约翰哥哥呢，他们是一家人，天天生活在一起，怎会察觉不到他是假冒的呢？"

小岚说："我记得去王储家作客时，储妃说过，自从枪击事件发生后，王储忙于国务，一直没回家住过，只是回去

吃过几顿饭。所以，储妃没发现王储是二王子冒充的，也不是没可能；还有，约翰告诉过我，他自上中学就出国读书，只是每年回家十天八天，所以他这些年和父亲之间也变生疏了。他这次回来，把这个跟自己父亲长得一模一样的叔叔当作父亲，也并不奇怪。"

"啊，可怜的约翰！我得去告诉他！"晓晴惊叫起来。

小岚忙阻止说："千万不要打草惊蛇！这只不过是我们猜测而已，要是让女王知道了，会生气的，说不定会请我们马上回乌莎努尔呢！"

晓晴说："那我们该怎么办？"

小岚沉吟着："目前我们要做的，是验证王储的真伪。"

晓星挠着头："我们跟王储不熟悉，他是真是假，我们也分辨不出来。"

晓晴说："是呀，这事情只有他的亲人能做，但现在既不可以跟约翰和储妃说，也不能跟女王说。唉，这事好难啊！"

小岚哈哈一笑："你们好死心眼，除了储妃和约翰、女王，不是还有一位茜茜公主吗？"

晓晴说："哇，那哭泣包公主，要是让她知道我们怀疑

王储是她父亲扮的，不把事情搞砸才怪呢！"

小岚说："我们可以先不告诉她这些怀疑，但我们可以从她那里了解一些王储和二王子的事情，例如他们有没有一些特有的小动作，或者哪位身上有一块伤疤什么的，那就好办了。"

"对对对！"晓晴、晓星二人异口同声地说。

大家都很兴奋，枪击案的事，总算有点可查的途径了。

第11章
晓晴的把戏

由于心里有事，小岚一大早就醒了，她躺在床上，把几天来收集到的有关王子枪击案的线索想了一遍。她打算马上去找一趟茜茜公主。

晓星还不见影儿，这家伙肯定是在睡懒觉。要是他已经起来，肯定会把自己房门敲得震天响，咋咋呼呼地让自己起床跟他玩。

对！叫晓晴一块儿去。她应该起床了，平日她都起得蛮早的。于是小岚按了晓晴房间的内线。电话那头晓晴马上接了，但又支支吾吾地说肚子疼，得晚点才起来。

"这两个家伙没事来找事，有事不帮忙！真气人！"小岚嘀嘀咕咕的，她只好单独出马了。

小岚和茜茜公主在绿茵湖边散步。

"茜茜，我想正式知会你，你父亲的事我们已经有点眉目了。"

"啊，真的？查出大伯伯是杀害我父亲的凶手了吗？"

"目前还不能这样说，不过，我们很快会有答案给

你的。"

"呜呜呜！爸爸呀！"

"噢，茜茜，你别哭，别哭嘛！你一哭，我乱了方寸，就不能替你查案了。"

"那好吧！我不哭，以后都不哭了！"

"噢，谢天谢地！"小岚松了一口气，又说，"现在需要你的配合，你能讲讲你的父母，还有你大伯伯，大伯母吗？"

茜茜公主说："很抱歉，这个我可能帮不了你多少，我们王室有个传统，就是我们这些公主王子一上中学，就会被送到外国读书，一去十几年，直到大学毕业才回国。所以我们跟长辈们一向聚少离多。"

小岚鼓励她说："那不要紧，你知道多少，就讲多少好了。"

原来，两位王子和储妃云妮是一起长大的。云妮是王室宗亲的女儿，因为生得聪明伶俐，又漂亮可爱，所以很小的时候就被女王接进王宫居住，跟两个王子——米高和麦克一起生活。到了他们十二岁，即女王正式册封米高为王储那一年，三个人就分开了，王储去了英国，二王子去了美国，而云妮就去了法国学舞蹈。三人均在二十二岁那年回国，之后王储跟云妮结婚。至于茜茜公主的妈妈，是一位实业家的女

儿，是二王子学成归来后，由女王作做结婚的。

茜茜公主说完后，看了小岚一眼。

"没了？"小岚有点失望。

"没了。真抱歉，只能给你提供这么一点点。"茜茜公主抱歉地说。

"没关系。"小岚笑笑，"我还想问问。你父亲跟云妮储妃关系好吗？"

茜茜公主想了想，说："记忆中，他们之间蛮客气的，我父亲对这个嫂子也很尊敬。"

小岚还想问什么，突然茜茜公主喊了一声："你看，那不是晓晴吗？"

小岚转头一看，果然见到了晓晴。只见她手里抱着一件什么东西，急急地朝着树林深处走去。她一边走一边东张西望，样子鬼鬼祟祟的。

这家伙搞什么名堂，不是说肚子痛吗？

茜茜公主看了看手表，说："哟，对不起，我今天上午要去听一场很重要的讲座，失陪了。要不，你找晓晴玩去。"

小岚说："行，你去吧！我自己随便走走。"

"那好，小岚再见！"

"再见！"

茜茜公主走远了。小岚望着晓晴刚才消失的地方，心想，这家伙装肚子痛，不跟我一块儿出来，却又一个人走进树林子里，一定有古怪。不如跟着她，看她搞什么鬼。

于是，小岚便放轻脚步，沿着晓晴刚才走的那条路，走进树林里。

走不多远，便听到前面有"嚓嚓嚓"的声音，好像有人在挖土。再往前走，咦，看到了一个熟悉的背影，是晓晴！

只见她蹲在一棵大树下，用一个小铁铲在挖坑。她的脚边，放着一个小小的铁盒子。

小岚还发现，旁边就是两位王子和储妃小时候埋愿望信的那棵紫荆树。

聪明的小岚马上明白是怎么回事了。哈哈，晓晴芳心动了，她准是喜欢上了哪位帅哥，于是效法王子储妃，把自己什么愿望写下来，希望将来能梦想成真。

小岚心里暗暗好笑，她刚想跑过去吓晓晴一跳，揭穿她装肚子痛，偷偷来埋愿望信的鬼把戏，但想想又忍住了。干脆等她走了，再去把信挖出来，看看她的梦中情人是谁？然后……哼哼，谁叫你骗人！

于是小岚把自己隐藏在一丛茂密的灌木后面，这样晓晴

不会发现她，而她却可以清清楚楚地看到晓晴的一举一动。

晓晴使劲地挖着，还不时鬼鬼祟祟地四处张望，害怕有人看见。大约过了十分钟，洞挖好了，晓晴把那个铁盒子轻轻放了进去，又用土埋了起来。她用脚跺了跺泥土，又四处观察了一下，确认没有人见到，便离开了。她哪里知道，有小岚"黄雀在后"。

等晓晴走远了，小岚便跑了出来，她仰天哈哈一笑，然后走到晓晴的"愿望树"前。

总不能用手去挖吧！得找件工具。小岚四处找了找，哈哈，晓晴真够意思，她竟然把铁铲扔在草丛中，没带走！小岚捡起铁铲，使劲挖了起来。

泥土很松，所以很快就挖到铁盒子了。小岚把盒子拿出来，幸好没上锁，她轻轻一揭，便打开了。

哈哈，还模仿得十足呢！盒子里有一个粉红色的信封，上面印有心形图案，跟储妃小时候埋的那封愿望信封面几乎一样。小岚打开一看，不禁大笑起来！这回约翰有难了。

只见上面一笔一画端正地写着：希望约翰能成为我的男朋友。

也难怪，约翰高大英俊又充满情趣，是许多女孩子心目中的理想情人。如果晓晴真能如愿，小岚也会祝福她呢！

小岚想，有机会，也给他们"煽煽风，点点火"，撮合

撮合。晓晴啊晓晴，我这个朋友够意思了吧，不但不计较你撒谎，还要出手相助。

小岚把信放回盒子里，然后把盒子放回坑里。

盒子放下时，发出"咣"的一声。小岚愣了愣，铁跟泥土相碰撞，只会发出闷响，莫非……莫非还有东西？

是晓晴埋了两个铁盒子吗？

这就奇了。又不是放很多东西，干吗要两个盒子？

小岚马上把刚放进去的铁盒拿起，又把坑再挖大一点，果然不出所料，附近还有另一个盒子呢！费了一番周折，小岚终于把另一个盒子取出来了。

小岚望一眼便断定，这盒子肯定不是晓晴刚放进去的。因为盒子上面不但泥迹斑斑，而且还生锈了，像是在土里埋了很多年。

它的主人究竟是谁？也是充满幻想的王族少男少女吗？还是……还是也属于两位王子和储妃？

小岚心里一惊喜，万一是王子或储妃埋下的，那说不定有助破案呢！

赶快打开看看！她急忙去揭铁盒的盖子。但这次没那么幸运了，不管她怎么使劲，都没法揭开。

小岚担心有人走过来，便决定把盒子带走。她把晓晴的盒子放回坑里，用土埋好，然后拿着铁盒急匆匆地回迎宾楼

去了。幸好一路碰见的只是一般的侍卫和佣人，他们除了恭恭敬敬地向尊敬的客人小岚公主鞠躬行礼之外，根本不会注意到她手里拿着什么。

小岚径直回到自己房间，把铁盒放在桌上，开始摆弄起来。

盒子锈死了，小岚弄来弄去全没办法，她只好打开房门，叫一名佣人给她拿一个钳子来。

一会儿，有人敲门，小岚以为是佣人送钳子来了，谁知道一打开门，是晓晴跟晓星两姐弟冲了进来。

"小岚姐姐，你一大早去哪儿了，我起来找不到你。"晓星有点埋怨地说。

"你小子还好意思说呢！太阳晒屁股了还不起来。"小岚没好气地说。

晓晴在一旁抿着嘴笑得甜甜的。小岚故意问她："哟，看来我们的周小姐好开心哦，一定是肚子没事了。"

晓晴笑眯眯地说："是呀是呀，我真是很开心。"

晓星看了姐姐一眼："姐姐今天有点不对头。"

晓晴竟脸红了，她做贼心虚地问："有什么不对头？"

晓星说："你今天老是笑，好像有什么开心事。"

晓晴瞟了他一眼："你别管！"

小岚古古怪怪地笑着说："晓星，我知道你姐姐干吗这样开心。"

晓晴一听十分紧张，结结巴巴地问："你……你知道什么？"

小岚还没答话，有人敲门。晓星赶紧去打开门，原来是一名佣人拿了一把钳子来。

晓星接过钳子，奇怪地问："小岚姐姐，你要这钳子干什么？"

小岚用狡黠的目光看了晓晴一眼："没什么，只是用来打开一个铁盒子而已。"

"铁盒子？！"晓晴尖叫起来。

晓星被姐姐的反应吓了一跳，心里奇怪姐姐犯什么毛病了。小岚也没理晓晴，径自拿着钳子走向桌上的铁盒子。

晓晴一眼瞥见桌上的盒子，慌忙跑过去，伸手正要抢，半路却缩了回来。她发现那盒子不是她的。

小岚哈哈笑了两声，话中有话地说："怎么啦？不是你的盒子？"

晓晴支支吾吾的，不知道说什么好。

"小岚姐姐，我来帮你开。"晓星自告奋勇接过小岚手上的钳子，他又问，"小岚姐姐，这玩意儿你在哪里

捡的？"

小岚说："在树林里。"

晓星觉得很好玩："一定又是那些愿望盒子吧！哈，这国家的人可真迷信！"

晓晴打断他的话："什么迷信，很灵呢！你看看储妃和王储的愿望不都实现了吗？他们都跟自己喜欢的人结婚了。"

晓星听了，笑嘻嘻地说："姐姐，你这么相信，干脆也找个盒子来，把你喜欢的那个哥哥的名字写上放进去，没准也会应验呢！"

"你闭嘴！"晓晴气急败坏地敲了晓星脑袋一下。

"姐姐，你今天怎么啦？"晓星委屈地摸摸脑袋，"人家也是一番好意！"

小岚嘻嘻地笑着，说："我说晓星，你今天最好不要跟你姐姐讲什么愿望信，什么少女心事，要不，小心脑袋开花！"

晓星一边撬盒子一边说："那姐姐你最好现在马上消失，说不定这盒子一开，里面又是一封愿望信。"

"还说！"晓晴伸手又想打弟弟。

晓星急忙一躲，没想到把盒子摔到地上去了。"咣当"一声，把屋子里三个人吓了一大跳。

没想到因祸得福，盒子掉到地上时受到碰撞，盖子打开了，盒子里掉出了一本厚厚的粉红色的缎面笔记本。

小岚弯腰捡起那本粉红色的笔记本。似曾相识的颜色，小岚马上想起储妃和晓晴的愿望信。

小岚翻开本子，本子里面的纸已发黄，但上面的字仍十分清晰。真是储妃的日记本呢！她不禁做了个胜利的手势，还外加一声她平时认为幼稚的喊声："耶！"

"里面写了什么？"晓星伸长脖子去看。

小岚喜滋滋地说："好东西，储妃小时候的日记本。"

晓星嚷了起来："哇，我们运气可真好，这下子，说不定可以找到分辨真假王储的方法呢！"

晓晴着急地说："储妃小时候的日记，哇，一定很罗曼蒂克！我们快看，快看！"

"不行！"小岚把笔记本放到身后，说，"这涉及别人隐私，只能我一个人看。"

晓星不满地说："那不公平！我们一起破案，为什么你能看我们不能看？"

晓晴也说："就是嘛！"

小岚口气很硬："我不会改变主意的，你们两位请便。"

"哼！"这是晓晴用鼻子发出的不满声音。

"咚！"这是晓星用力跺脚发出的声音。

尽管两姐弟都用不同的方式表示自己的不满，但最后一样灰溜溜地被小岚"请"出了房间。等他们"踢踢踏踏"的脚步声消失之后，小岚打开了储妃那本厚厚的本子。

储妃的日记记得并不连贯，有时天天写，有时隔几天写，有时甚至一个月才写一次，所以与其说是日记，倒不如说是大事记吧。幸好小岚用她作家加侦探的头脑，加以严密的组织和丰富的想象，把这些生活片断组成了一段连贯的故事。

第12章
储妃小时候

云妮八岁的时候就被女王接进了王宫。

云妮是狄克森家族掌门人唐纳的独生女儿。狄克森家族在胡鲁国里的显赫程度，仅次于现任女王的布鲁克家族，所以女王对唐纳一向十分尊重。

有一年女王加冕周年纪念晚会，唐纳夫妇把女儿云妮带去了。云妮虽然才八岁，但已长得亭亭玉立，那张五官精致、秀美迷人的脸儿，优雅的举止，令所有到场的人惊为天人。连女王也忍不住把她拉到身边，爱怜地跟她聊了很长时间，末了，还当场脱下手上一条钻石手链，送给云妮。

米高和麦克两兄弟那几天刚好出了国，参加一个国际儿童联欢活动，回来后听到人们议论云妮的事，都很感兴趣，跑去一个劲儿地问妈妈，几时再请云妮妹妹来王宫玩。

其实女王早有请云妮到王宫住的想法，于是便征求唐纳意见，请云妮进宫住一段时间。

唐纳夫妇当然十分乐意。

胡鲁国王室素有这一做法，就是邀请王公贵族优秀的子女进宫居住，跟王子公主们一块儿生活，而其中合眼缘者，

往往能成为储妃或亲王。所以，贵族们都乐于让儿女进宫，期望能被选中，光宗耀祖。

但云妮却很不愿意。当然啦，一个才八岁的女孩儿，又是父母的心肝宝贝，平日在家里万千宠爱在一身，又怎肯只身进入王宫，过寄人篱下的生活呢！至于将来有做储妃的机会，对于小云妮来说她一点都不在乎。在她的小心灵里，做唐纳的女儿，不知胜过做储妃多少倍。

但云妮是个乖女孩，她不想违抗爸爸妈妈的意思，于是勉为其难答应了。

一天傍晚，爸爸妈妈把云妮送进了王宫。女王安排了一幢漂亮的房子给她住，那房子设计十分别致，是全白色的，有着好看的小尖顶，看上去很像童话故事里的小城堡。房子里布置得豪华舒适，佣人们也服侍周到。虽然这样，头天晚上她还是让眼泪打湿了枕头。

第二天一大早，云妮被窗外的鸟叫声吵醒了。她睁开眼睛，看着豪华但陌生的环境，心里想念爸爸妈妈，不禁又抽抽泣泣地哭了起来。

不知哭了多久，忽然，"嗯嗯嗯嗯"，不知什么地方传来了一阵小动物的叫声。"是小狗！"云妮不哭了，她惊喜地睁大了眼睛，四处张望。

啊，看见了！窗台上，有一只小小的、雪白雪白的狗，

正睁着黑珠子般的眼睛看着她，还不住地冲着她叫，好像在说："跟我玩吧！跟我玩吧！"

云妮马上翻身起床，跑到窗前，轻轻地把小狗抱在怀里。

好可爱的小狗啊！它一点不怕生，一个劲儿地把小脑袋往云妮怀里钻。云妮伸手抚摸着它柔软的毛，兴奋得喘不过气来。

云妮最喜欢小动物了，她家里就养了很多小动物，小狗、小猫、小兔……但这次进宫，爸爸妈妈却一只也不让带来。

这是谁的小狗？云妮往窗外一看，只见一个年纪和自己相仿、穿白衣的男孩子站在外面。

男孩子微笑着说："早安！"

"这小狗是……"云妮问道。

男孩子友好地说："是我送给你的。我知道你离开家不习惯，就让它陪你吧！"

"谢谢！"云妮感动得想哭，"谢谢你，我太喜欢这礼物了！"

"我要去上学了，有空我们可以一起和小狗玩。"男孩子彬彬有礼地朝云妮点了点头，转身走了。云妮抱着小狗，望着男孩子远去的身影。小狗身上的毛很柔软很柔软，那温

暖一直传到云妮心里。

突然，她想起一件事，急忙大声喊起来："哎！请问你是谁？"

远远隐约传来男孩的回答："我是王子……"

下午，云妮放学回宫，刚走到白房子门口，就有一个男孩子跑过来，他把手里一样东西往云妮手里一塞，说："送给你！"

是王子殿下呢！云妮低头看看手里，原来是一个小游戏机。云妮赶紧把游戏机塞回给王子："不用再送了，你不是刚送了一只小狗给我吗？"

男孩子神情有点迷惘："你说什么？我什么时候送过东西给你？"

云妮惊讶地扬起眉毛，这王子，不会是得了健忘症吧？

正在尴尬时，男孩子突然哈哈笑了起来："我明白了，送小狗给你的，一定是我哥哥。"

"你哥哥？你和你哥哥怎么长得一模一样！"云妮眼睛睁得大大的，"噢，我明白了，你们是双胞胎！"

"没错。"男孩子笑着说。

当天晚上云妮去赴女王特为她设的欢迎宴，一同坐在饭桌前的除了女王之外，还有两位王子。

　　云妮好奇地把他们俩细细打量了一番，一样的个子，一样的胖瘦，一样的黑头发，一样的脸型及五官，简直一个模子印出来的。唯一不同的，是他们一个穿白衬衣，一个穿蓝衬衣。

　　晚饭在一片开心气氛中进行，先是由云妮猜谁是哥哥米高，谁是弟弟麦克，再猜送小狗的是哥哥还是弟弟，后来女王还说了许多他们两兄弟由于长得像而闹出的笑话，席间不时响起欢快的笑声。

　　原来，米高和麦克两兄弟的相似程度，连女王也没办法辨认他们谁是谁，所以，为了让身边的人认得他们，两兄弟自小就穿不同颜色的衣服。米高穿白色、灰色和绿色，麦克就穿蓝色、黑色和紫色。

　　云妮和两位王子很快成了好朋友。她在王宫里不再孤独了。

　　就这样，云妮在王宫很快过了几年。少男少女渐渐长大了，云妮以她少女特有的敏感，知道两位王子都很喜欢她。但少女的心里，却更爱米高。

　　其实两位王子外貌一样英俊，头脑一样聪明，性格一样善良，对她一样关怀爱护，但是，云妮心里的天平却常常不自觉滑向米高那边。是因为在她入宫第一天感到最孤独的时候，米高送她一只可爱的小狗？还是因为米高曾救了她

一命？

　　那是她十二岁出国留学前几个月，有一天，她和两位王子一起溜出王宫，到郊外游玩。那天天气好热，他们走了不久，便热得满头大汗。不久来到一条小河边，河水又绿又清澈，云妮便提议跳下河游泳。米高马上响应，但麦克却懒懒地说累，想到那边树林里躺躺。

　　云妮和米高扑通扑通跳下了水，那水又干净又清凉，两人游呀游，十分开心。后来他们还比赛起来，看谁游得快。游着游着，米高超前了，云妮奋力追上去，没想到，可能因为用力太猛，腿肚子突然抽筋，她刚来得及喊了一声，就沉下去了。

　　米高听见了那声叫喊，他马上往回游，潜下水底寻找云妮，幸好很快找到她，把她救上了岸。云妮吐了很多水，过了好一会儿，才惊魂稍定。她感激地对米高说："谢谢你！"

　　米高却微微一笑，说："没什么，你没事就好。"

　　云妮正想说什么，却惊叫起来："你的脚在流血？"

　　米高这才觉得右脚有点痛，一看，原来不知什么时候，小腿上划破了一道几寸长的口子，血都流到脚背上了。

　　"天哪，一定很痛！"云妮心痛地叫了起来，"一定是刚才你潜入水里找我时，被水下的石头划破的。"

云妮不顾自己还浑身没力，硬撑着去拿背囊，从里面找出小药包。

"痛不痛？"云妮一边给米高包扎一边心疼地问。

那伤口划得还挺深的，每触动一下都痛得厉害，但见到云妮这么关心自己，米高心里那个甜呀，什么疼痛都不在话下了。

"还说不痛呢！流了这么多血。"云妮眼泪都快流出来了，她又说，"回去找御医看一下，发炎就麻烦了。"

米高阻止说："不要不要！这事不能张扬，连麦克也别说。我们私自出来玩，已经犯了宫规了，加上下河游泳，弄得你差点淹死，要是妈妈知道了，一定会严厉惩罚我们，我不想你受委屈……"

米高突然脸红了，没再说下去。

云妮定睛看着米高，她的眼神越来越柔和。突然，她迅速地亲了米高一下。

不久，云妮出国读书了，她就读的是一所世界著名的舞蹈学校，校规很严，为使学生专心学习，连通信都严加限制，所以云妮跟胡鲁国的联系都极少。只知道，她出国不久米高就被正式册封为王储，后来，他们两兄弟也分别被送往美国和英国的著名学府读书了。

在他们即将毕业回国时，云妮分别接到了父母的电话。

原来王室开始给王储选妃，女王和王室长辈都属意云妮，认为她秀外慧中，将来可以母仪天下。唐纳夫妇当然没意见，于是双方长辈分别致电米高和云妮，征询两位当事人的意见。

王储喜出望外，欣然接受长辈们的安排；云妮一颗心早已交给王储米高，没想到天从人愿，让他们有情人终成眷属，也一口答应了。

女王很高兴，准备等孩子们毕业回国，就马上举行婚礼。

云妮因为参加国际芭蕾舞大赛，所以直到婚礼前一天才从法国回到胡鲁国。那天她忙坏了，试婚纱、试鞋子、做面部护理、剪头发……连见见那两兄弟的时间都没有，直到晚上，她才和王储一起，被许多人指挥着排练婚礼仪式，弄得晕头转向……

第13章
茜茜公主遇车祸

那本日记只记到储妃大婚翌日就中断了，是她用了新的本子没有放进盒子里，还是再也没有写？要是没有写，那就太奇怪了。一个喜欢记日记的人，竟然不记下一生中最难忘的事，除非，那之后遭受了什么打击，令她不愿面对不想提及。

小岚又想起约翰说的事，他家的老佣人依莲提及，储妃大婚第二天，大清早便躲起来痛哭。也许，在分开数年后，储妃跟王储思想上都发生了变化，他们发现彼此不是那么爱对方，所以悔极而泣，继而心灰意冷地把日记埋藏起来，不愿再去触碰那段往事。

小岚耸耸肩，猜想归猜想，新婚夜他们之间发生了什么事，只有他们自己知道了。

"碰碰碰！"房门突然被人敲得震天响，不用问，一定是晓星了。这小子，就是这副德性。

小岚走去打开门，晓晴、晓星姐弟跑了进来。

晓星迫不及待地问："小岚姐姐，怎么啦，储妃的日记里有线索吗？"

小岚瞪了他一眼说："急什么，我还在研究呢！"

晓星说："告诉我们一点点也好，好焦急想知道啊！"

小岚把日记放回盒子，说："暂时发现一个线索，就是王储小腿上曾经受过伤。或者这会是破案的一个关键，一般伤口如果深的话，经过几十年，仍会有疤痕在。"

晓星惊喜地说："我明白了，只要想办法看看王储小腿上是否有伤疤，就知道他是否是真王储了。"

小岚表扬说："聪明！"

晓晴耸耸肩："哇，难度指数很高。我们连见他一面都不容易呢！更别说去看他的腿了。"

晓星挠挠脑袋，说："姐姐说得也对，这的确很难啊！人家现在是堂堂一个国家的代理元首，我们却要去捋起人家的裤腿，想想都有点古怪，搞不好，人家以为我们是疯子呢！"

小岚皱起眉头，也犯难了。

晓晴说："人露出小腿的时候，只有在洗澡……"

晓星喊起来："啊，姐姐好下流啊！"

晓晴气得打了晓星脑袋一下："坏小子，我是在分析而已！"

晓星嘟着嘴摸着脑袋，说："人家不过跟你开开玩笑……"

"哼！"晓晴瞪了弟弟一眼，"另外，还有游泳的时候……"

"咦，有门！"晓星来了精神，"我们请王储去游泳不就行了。"

晓晴说："你以为王储跟你很熟吗？会答应跟你一块儿去游泳！"

"去游泳？"小岚转了转眼珠，说，"这事可以考虑进行，我们请不动王储，但有一个人可以请得动。"

晓星性急地问："谁呀？谁呀？"

"茜茜公主。"小岚说。

晓晴和晓星几乎异口同声地说："对呀！怎么就没想到呢！"小岚可真行！

小岚得意地笑着："王储那么关心茜茜，茜茜就是叫他上刀山，他也会去呢，何况区区去游泳。"

晓晴说："但这事怎么跟茜茜公主说呢，要是她知道我们的怀疑，肯定会露出破绽。"

小岚想了想，说："这样吧，我们就跟茜茜说，我们进宫以后，一直没办法接近王储调查。游泳池那里很清静，所以想借游泳之名，约王储到那里，向他问个

明白。"

"好好好!"晓星大声说,"茜茜姐姐一定很乐意这样做,到时,我们就六只眼睛一起去检视王储的腿,看看上面有没有伤疤。如果没有的话,那他就是二王子假扮的!"

三个人都很兴奋,总算可以进一步行动了。

事不宜迟,他们马上去找茜茜公主。真不凑巧,茜茜公主又不在家,侍女展霞热情地说:"公主很快就会回来,你们几位可以稍等一下。"

等了快一个小时,还没见茜茜公主回来。晓星首先坐不住了,又是伸懒腰又是打哈欠的。

展霞也有点着急地朝外面张望。正在这时,电话"铃"地响了起来,展霞赶紧去接:"哈啰!我是展霞。啊!天哪!怎会发生这样的事!"

小岚三人听了都很吃惊,都用探询的目光看着展霞。展霞放下电话,神情紧张地说:"茜茜公主发生车祸,被送往奥琳医院了!"

小岚一听着急地问:"啊!受伤了吗?严重不严重?"

展霞说:"公主也没说得很清楚,只是让我跟你们说一声,让你们去看她。"

"我们赶快去医院看看!"小岚又对展霞说,"展霞,

你马上告诉女王陛下！"

展霞摇摇头说："公主刚才吩咐我，先不要跟女王陛下说。"

"这样啊！"小岚疑惑地说，"那就尊重她的意见吧，我们先去看看情况，再决定告不告诉女王。"

一行人急急忙忙赶去奥琳医院。刚到门口，一个站在门口的小护士就迎上来，彬彬有礼地问道："请问你们几位是来看茜茜公主的吗？"

小岚点点头，说："是的。"

小护士说："请跟我来！"

一行人跟着小护士搭电梯，一直上到十九楼。这里环境清净，富丽堂皇，真不像是医院。小护士把小岚等人引进了一间病房，然后轻轻带上了门，离开了。

"小岚，你们来了！"躺在病床上的茜茜公主向小岚伸出手。她的脸色有点苍白，头上扎了一圈绷带。

小岚急步上前，一把抓住茜茜公主的手："出什么事了？你伤着哪里了？"

晓晴和晓星也很紧张地围了上来。

茜茜公主有气无力地说："我的头很疼，手不能动了，脚也不能走路了。"

"啊，这么严重！"小岚吓了一跳。

晓星带着哭腔问："那茜茜姐姐你是不是残废了？茜茜姐姐好可怜啊！"

晓晴也着急地问："茜茜公主，你是怎么撞的车？怎么撞成这样？"

茜茜公主苦着脸说："我一边开车一边想事情，结果不小心撞到电线杆上去了。"

这时一位戴着口罩的医生走了进来。小岚一见便问："请问医生，茜茜公主真会变残废吗？"

"什么？"医生愣了愣，随即笑了起来，"没那么严重。公主只是皮外伤，还有脚踝扭了一下，休息几天就会没事了。"

"你！"小岚朝茜茜公主一瞪眼睛。

茜茜公主马上嘟起嘴巴："人家不过想你们多疼我一点而已，犯得着这么凶吗？"

晓星说："茜茜姐姐，是你不对，你知不知道，刚才你把我们吓坏了，我们多担心你呀！"

"对不起了！人家受了伤多痛啊，说说小谎，总该可以原谅吧！"茜茜公主眨巴着眼睛，想哭的样子，"你们不知道，刚才医生给伤口消毒的时候，痛得我喊救命！"

小岚一见怕她又变"哭泣包"，便急忙说："好啦好啦，你没事就好。"

茜茜公主"扑哧"一声笑了。

医生在旁见了，也忍不住笑起来。也许有点岔了气，他咳了几声，便摘下口罩，用纸巾擦嘴。大家才发现，这医生十分年轻，像是大学刚毕业不久的样子。

晓晴在小岚耳边小声说："帅哥医生！"

小岚拿指头捅了她一下："喂，别见一个爱一个！"

晓晴撅起嘴："什么呀！"

医生重新戴上口罩，走上前替茜茜公主把了把脉，又摸了摸前额，说："公主情况良好，你们可以陪陪她说话。我办公室就在走廊尽头，有事可随时找我。我是华生医生。"

"谢谢华生医生。"

医生走后，病房里马上就热闹起来了。茜茜公主有声有色地描述她撞车的惊险过程，引来大家一阵阵惊呼声。

过了一会儿，晓星突然嚷起来："啊，我们还没吃晚饭呢！"

小岚一看表，哇，都晚上八点了。

茜茜公主说："我刚才吃了一碗粥，现在饿了，我也想吃东西。"

晓晴提议说："不如叫外卖！"

"你想得倒美！医院能让送外卖的进来吗！"小岚说，

　　"干脆我们自己去买，然后偷运进来。"

　　晓星马上响应："赞成赞成！刚才来的时候，我看见附近有一家麦当劳，我们去买汉堡包！"

　　此建议获得一致通过。小岚和晓星、晓晴兴冲冲地出去，很快买回来一大堆东西，大家就在茜茜公主的病房里聚起了餐。

第14章
一本书引出的话题

九点多时，大家要离开了。茜茜公主尽管不情不愿，但总不能让朋友们在医院过夜呀，只好叮嘱他们明天再来，然后依依不舍地说了再见。

小岚他们把纸袋呀空盒子等垃圾拿去扔，没想到在走廊里和华生医生撞个正着。

"噢！"晓星赶紧把袋子往身后藏。

华生医生笑了起来，他狡黠地说："别藏了，你们刚才大呼小叫的，我早发现你们在病房里聚餐了。"

小岚有点尴尬地说："不好意思！不会给你们造成困扰吧？"

"NoNoNo！十九楼是特别护理病区，专留给王室人员使用。刚好今天整层只有茜茜公主一位病人，所以没关系。"华生医生说到这里，挤挤眼睛说，"只是，你们太不够朋友了，光让我闻汉堡包的香味，却不请我来尝尝，弄得我口水直流。"

"噢，对不起对不起！"小岚和晓晴、晓星三个人异口同声地说。

"哈哈哈！"华生医生爽朗地笑了起来，"好吧，就让你们将功赎罪，帮我做一件事。"

晓星打心眼里喜欢这位有趣的医生哥哥，他拍拍胸口说："行行行，十件都行！"

华生医生说："你们来我办公室坐坐。"

"好啊！"这回是晓晴抢着回答了，她一直害羞地看着华生医生秀朗英俊的脸，听到他邀请，马上答应了。

华生医生从抽屉里拿出一本书，交到小岚手里，说："听说你们是从乌莎努尔来的客人，能替我把这本书带给万卡国王吗？"

"噢！"三个孩子同时惊讶地叫了起来。

晓星抢着问："医生哥哥，你认识万卡哥哥？"

华生医生笑着说："是呀！他是我读医学院时的同学，我们是好朋友。"

晓星兴奋地用拳头捶了华生医生一下："太好了，真巧，我们也是万卡国王的好朋友，这就是说，我们也是好朋友了！"

华生医生说："噢，原来是这样！我们当然是好朋友了！"

没想到在遥远的胡鲁国也能碰到一个有关系的人，世界真是小小小！

　　小岚说："华生医生放心好了，我们一定亲自把书交到万卡国王手里。"

　　小岚看了一下书的封面，书名是《奇妙的血型》，作者是……

　　"咦，华生医生，原来这是你写的书！"

　　"是呀！我除了是这家医院的医生外，还一直研究有关血型的问题，最近把一些研究成果写成书……"

　　"哇，华生医生，你好厉害啊！"晓晴夸张地惊叫着，伸手就要拿那本书。没想到晓星眼疾手快，抢先从小岚手上拿过书，很感兴趣地翻起来了。

　　"血型的四大类、最罕有的血型、父母血型对子女血型的影响、双胞胎是否一定血型相同……"晓星读着目录上的小标题，"血型的四大类我知道，上常识课时老师讲过，是A、B、O和AB这四种血型，简称ABO血型。医生哥哥，对不对？"

　　"很对！哇，晓星很有当医生的潜质啊！"华生医生笑眯眯地说。

　　"真的？"晓星一听很得意，他还挺认真地考虑起来，"当医生？不错不错，穿着白大褂，好帅！我长大就当医生好了！"

　　晓晴嘀咕了一句："美得你，你以为医生是那么容易当

的吗？"

"人家医生哥哥也说我有当医生的潜质呢，姐姐，这点你羡慕不来的了！"晓星得意洋洋的，这回终于可以在姐姐面前威风一次了。他又对华生医生说："那我真要认真读读你这本书，学多点医学知识。哎，医生哥哥，你这里提到最罕有的血型，哪些是最罕有的血型呢？"

"孟买型就属于罕见血型。孟买型血型非常罕有，而这种血型的人又不能接受其他血型，因此急需输血的孟买型血型的人常常找不到捐血者。对了，我发现，茜茜公主正是孟买型即Oh血型呢！所以我跟她说，以后千万不可再鲁莽驾驶，要是不幸受了重伤要输血，那就麻烦了。"

小岚惊奇地说："啊！真的吗？那真要提醒茜茜多加小心了！"

晓星指着"双胞胎是否一定血型相同"那条标题，得意地说："这个我知道，我看过一本书，说双胞胎的血型是相同的。"

华生医生说："这说法也对也不对。"

晓星有点不明白："医生哥哥，你说的话好'禅'啊！"

"好'禅'？"这回轮到华生医生不懂了，"什么叫'禅'？"

晓晴柔声说："华生医生你别理他，你就给我们说说双

胞胎的血型吧！"

华生医生说："双胞胎又分为单卵双胞胎和双卵双胞胎两种，单卵双胞胎如晓星所说，会有相同血型。但双卵双胞胎呢，则因为胎儿各有单独的胎盘、绒毛膜和羊毛膜，两个胎盘之间的血液循环并不相通，两个胎儿安居在各自的胎囊里，所以胎儿的性别、血型都有可能不同……"

晓星边听边点头，他突然想到了胡鲁国的两位双胞胎王子："咦，不知道米高王储和麦克二王子是属于单卵双胞胎还是属于双卵双胞胎呢。"

华生医生说："他们肯定是双卵双胞胎。因为我知道他们有着不同的血型。王储米高是 A 型，二王子麦克是 O 型……"

小岚一直没吭声，静静地听着华生医生讲解罕有血型及双胞胎的血型，眼珠在骨碌碌地转着。

第15章
血的疑惑

当天晚上九时多，王储米高接到奥琳医院华生医生打来的一个紧急电话——茜茜公主遇车祸生命垂危，请王储速来。

米高正在办公室处理国务，听到消息大吃一惊，他来不及通知其他人，只叫了侍卫长和两名卫士陪同，便急急忙忙地赶往奥琳医院。

当王储出现在华生医生面前时，已是满头大汗，可见他心里是多么焦虑。

"医生，快带我去看茜茜！"他又转身对侍卫长说，"你们在这儿等我。"

华生医生把王储带到茜茜公主病房外面，那里有一块大玻璃，隔着玻璃看进去，可以见到里面的情形。

茜茜公主身上插满各种管子，昏迷不醒地躺在病床上。旁边两名护士寸步不离守着她。

"茜茜，茜茜！你醒醒，醒醒，我看你来了，大伯伯看你来了！"米高喊着，那种悲痛、焦急暴露无遗。他又一把抓住华生医生："她怎么啦？医生，你快说！"

"尊敬的王储，公主情况不妙。她因为大量出血，已陷入昏迷状态，目前急需马上输血。"

米高王储这时完全没有了平时的王者气度，他气急败坏地喊道："那你还在这里磨蹭什么？快给她输血啊！"

华生医生无奈地摊开双手："很遗憾，直到现在，还没有找到适合她的血。"

米高怒气冲冲地说："什么鬼话？茜茜是 O 型血，要找到同血型者有何难？"

华生医生摇摇头："我曾替茜茜公主抽血化验，证实她是罕有的孟买血型即 Oh 血型。其实很多 Oh 血型的人，都会被认为是 O 型。Oh 血型的人，他们的血清会产生对抗 H 物质的抗体，而 H 物质是孟买血型以外，所有血型的红细胞都有的。故此，孟买血型的人只可接受相同血型的血。但这种血型十分罕见，我们医院血库根本没有，现在我已让人在全国所有医院血库寻找，希望能找到。"

"Oh 血型？"米高愣了愣。

华生医生说："可惜她的父母都不在了，要不，或许他们其中一个会是这种血型。"

米高沉默不语，神情哀伤。

一会儿，他悲伤地把脸贴近玻璃，好像想把里面的茜茜

公主看得更清楚点："医生，茜茜还能等多久？"

华生医生说："这个我不好说，每名病人的身体素质不同，所以承受能力也不同。当然越快输血越好。"

"天哪！茜茜，茜茜，你千万要挺住！"米高看着里面的茜茜公主，嘴里喃喃着。

一会儿，他又焦躁不安地对医生说："你不能光靠国内医院，得请外国血库也帮忙找找Oh血，听到没有！"

"是，王储殿下。"华生医生点点头，又说，"不过，外国路途遥远，即使找到，也等不及送来了。"

米高王储身子晃了一晃，好像要倒下去似的，华生医生急忙伸手把他扶住了。"殿下，您先回去休息吧！您放心，我们一定尽全力抢救茜茜公主。"

王储摆摆手，说："不，我要留在这里看着茜茜，一直等到找到合适的血为止。"

华生医生说："殿下，对不起我不能陪您了，我得去处理寻找血浆的事。"

"Oh血浆一有消息，马上跟我说。"王储吩咐说。

"是，殿下！"

一会儿有小护士拿来了一张单人沙发，放在王储身旁，请他坐。王储只坐了一会儿，又站起来了。他一会儿忧虑地

望着茜茜，一会儿在病房门口走来走去，脸上满是悲伤、苦恼。

侍卫长走过来，说："殿下，要不要通知女王陛下？"

"不用。"米高斩钉截铁地说。他又朝侍卫长挥挥手："没我召唤，不要过来。"

时间在一分一秒地过去，王储越来越沉不住气了，他不时让侍立一旁的小护士去问问华生医生，血浆的事有眉目没有，但得来的却是一次又一次的失望。

突然，王储听到病房的门"砰"一声打开了，一名护士冲了出来。

王储惊慌地问："什么事？"

护士说："病人有危险！我去找医生！"

"天哪，茜茜！"王储就要冲进病房。

谁知里面那名护士把他挡住了，她毫不客气地说："您不能进病房，这样会把细菌带进来的。"

这时华生医生跑来了，他也没顾得上跟王储说话，就进了病房，护士又把门关上了。王储急忙跑到窗玻璃前面，谁知，护士在里面放下了布帘，他什么都看不到。

"茜茜，可怜的茜茜，你千万不要出事，千万不

要！"王储在走廊里走来走去，急得就像热锅上的蚂蚁。

一会儿，门开了，华生医生走了出来。"医生，怎么样？"王储一把抓住他的手臂，拼命摇着。

"殿下，您别激动，小心身体。"华生医生说，"但我不得不遗憾地告诉您，公主不能再等了，半小时之内再不输血，恐怕就回天乏术了。"

"啊！"王储大叫一声，往后一跌，幸好刚刚倒在那张沙发上。

他双手捂住脸孔，热泪纵横，嘴里不住地叫着："茜茜，茜茜，我对不起你，对不起！"

突然，他猛地跳起，再次抓住华生医生的手臂，说："我是Oh血型，你快抽我的血！快！"

华生医生大惊："殿下，您……您不是A型血吗？"

王储怒喊道："你别问那么多，我说是就是！"

华生医生说："对不起，殿下！您得明白我作为一名医生，是要对病人负责的。这样吧，我得按规定化验一下您的血型。"

王储说："那你还等什么？快呀，快抽血化验！"

华生医生说："好的，您跟我来。"

华生医生把王储带进自己的办公室，拿出相应器具，替

王储抽血化验。结果很快出来了。

华生医生看着那份检验报告，用诧异的眼光看着王储："殿下，您果然属于罕见的Oh血型。但您过往的血型资料显示，你明明是A型血……"

王储不耐烦地打断他的话："别那么多废话了！既然我的血型跟茜茜吻合，那快呀，快点把我的血输给她。"

这时候，旁边一道小门打开了，里面走出四名少年男女，为首一名长发女孩说："不必了，殿下。"

王储愣了愣，他缓缓转过身来。他的视线落在长发女孩身旁一个人身上，不禁大喊起来："茜茜！……"

那四名少男少女正是小岚、茜茜公主和晓晴姐弟俩。

王储猛地转身，怒视华生医生："你好大胆，竟敢骗我！"

"您别责怪华生医生，这全是我的主意，是我逼他这样做的，我只想逼您承认是我的父亲。"茜茜公主悲伤地说，"我已经没有了母亲，当我听到您的死讯的时候，我是多么伤心难过、痛不欲生！爸爸，您怎么可以这样做，怎么可以！"

茜茜公主号啕大哭。

王储，不，现在应该叫二王子了。二王子脸上露出痛苦的表情："茜茜，我的女儿，爸爸对不起你！"

茜茜公主哭着喊道："您别叫我女儿，我没有您这样的父亲！"

突然，门口传来一声怒喊："逆子，我也没有你这样的儿子！"

大家一看，门外进来了三个人，他们是女王，还有储妃云妮，小王子约翰。原来，他们听到茜茜公主受伤的消息，连夜赶来了，没想到在门外听到了屋里人的对话。

女王震怒了。

"母亲！"二王子"扑通"一声跪在地上。

女王用手指着二王子，老泪纵横："为什么，你为什么要冒充王储？你哥哥的死是不是跟你有关？你这大逆不道的畜生！"

二王子痛苦地说："母亲，对不起，对不起！"

女王说："你不但对不起我，对不起你的女儿，更对不起云妮和约翰。"

云妮脸色苍白，身体摇摇欲坠。一旁的约翰惊问道："天哪，这是怎么回事，难道您不是我父亲，难道中枪身亡的是……"

约翰不敢说下去了，因为他发现身边的母亲身子晃了晃，就要倒下。"妈妈，妈妈！您怎么啦！"

小岚赶紧拿过一张椅子，扶储妃坐下。储妃用手捂着脸，小声饮泣着。

女王关切地看着储妃，说："云妮，坚强些！"她又怒气冲冲地对二王子说："快说，究竟是怎么回事？你为什么要自认米高？米高究竟是怎么死的？"

第16章
你是谁？

让我们回到国庆日那段日子。那天天气很好，所以除了两位王子之外，连平日不大喜欢户外运动的女王，也穿上了猎装，加入了打猎的队伍。

一行人来到了皇家猎场，可能是天气好的缘故，动物都跑出来了，所以猎获的东西特别多，连女王也打了一只野鸡。这让女王十分开心，她高举猎物，哈哈笑着，接受两位王子和随行人员的欢呼喝彩。随行的王室记者也不失时机地把这情景拍摄下来，准备登在报纸上，让国民看看王室的风采。

喝彩声惊动了一只小鹿，它"嗖"地从草丛中跑了出来，撒开四腿朝树林里跑去。在灿烂的阳光下，它前额那一块白色很是显眼。

"小白额！"米高和麦克几乎同时喊了起来，也几乎同时策马追了上去。他们都认得，这正是储妃云妮养的那只刚出生不久的小鹿，它在两天前跑了出来，一直不见踪影。为了这事，储妃一直很担心，怕它太小，碰到大野兽会有危险。

两位王子一直追了几百米，眼看就要追上了，突然米高的坐骑给什么绊了一下，一个马失前蹄，把米高摔在地上。

麦克赶紧跳下马来，跑去看看米高。幸好米高刚好掉进一个水坑里，没伤着，只是衣服湿了一大半。

清晨的天气还有点凉，米高不禁打了个颤。麦克见了，马上脱下自己的蓝色外衣，要米高换上："我们换衣服穿吧！你感冒刚好，小心别又病了。"

"不行不行！我不可以让你穿这又脏又湿的衣服。"米高开始不肯。

"不要紧，我们马上回去，叫人拿衣服来换就行了。"麦克硬是帮米高脱下湿衣服，换上了他的蓝色外衣。

"麦克，谢谢你！"兄弟情深，米高只好接受了。

大家就这样互换了衣服。

小鹿早已跑得无影无踪了，他们惋惜了一会儿，准备回去和母亲会合。米高捡起了枪准备上马，而麦克还在扣着湿衣服上的最后一粒扣子。突然，一头野猪不知从哪里跑了出来，直朝他们冲过来。这头野猪个头很大，样子十分凶悍，要让它咬一口，可不是好玩的。两人未上马，要跑来不及，要开枪，虽然米高有枪在手也来不及瞄准了。米高急中生智，把手中的枪向野猪一掷，可能是想先赶跑它再说。

没想到,那枪没扔中野猪,却撞上了一棵树,不幸的事情发生了。事情就那么巧,也不知怎的就刚刚撞到了扳机,子弹发射出来,刚好射进了米高的脑袋……

米高当场倒下,他的鲜血溅了麦克一身。目睹惨剧的麦克顿时呆若木鸡,直到安娜和侍卫寻来,他仍未清醒过来。

由于他们互换了衣服,所以大家都误把倒在地上的米高当作二王子,而称他为王储。麦克也没想到要去澄清,只是呆呆地看着众人抬起米高,呆呆地和米高一起被送到医院,因为他满身是血,大家都以为他也受伤了。

当女王哭着问他出了什么事、麦克为什么受伤时,他竟然什么都记不起来了。只记得两人一起去追小鹿,之后发生了什么事,竟一点印象都没有。

浑浑噩噩地过了一天,麦克才清醒过来。电光火石之间,他记起了树林里发生的所有事情。他为兄弟的死感到无比悲痛。但是随着身边的人对这件事的看法,他也感到了一种说不清的恐惧。

在一个只有他们两兄弟的环境里,米高被枪击中,那过程是那么离奇,离奇到连他这个目击者也不敢相信,何况是别人?而且,人们会认为他有作案动机,是为了篡位而杀王储。因为胡鲁国宪法规定,如果储君不幸去世,其储君资格

会由兄弟继承。他现在真是跳进大海也洗不清了。想到即将陷入一场可怕的是非中，会一辈子被人在背后指指点点时，他感到不寒而栗。

他突然萌生了一个他自己也难以置信的念头，反正所有人都以为他是王储米高，因为只有活着的是王储，人们才会推翻有关"谋杀""篡位"的推测，而相信是意外，他才能挺起胸膛过他今后的日子，并帮助体弱多病的母亲撑起胡鲁国的江山。何况，他这样做问心无愧，有些东西本来是属于他的……

唯一最对不起的，就是女儿茜茜，年幼失母亲的她，又得遭受丧父之痛。这也令他常常半夜醒来睡不着，后悔和悲伤咬噬着他的心。所以，面对茜茜生命垂危需要输血时，他宁愿身份曝光也要去救女儿。

麦克的话，令在场所有人都感到无比震惊，连原先就怀疑王储的身份，策划了逼二王子现身这个计划的小岚，也觉得匪夷所思。

储妃捂着脸在饮泣，约翰神情哀伤，女王脸色十分难看，她对麦克说："不管你是基于什么原因，事实上，就是你一直隐瞒枪击案的发生经过，还冒充王储米高，代理国王职务。这些都是违反国法的事，虽然你是我儿子，但我也不能袒护你，就交由法律裁决吧！从现在起，我取消你代理国

王身份，由我重新执政。现在宣布，你，二王子麦克，已因冒认王储罪，触犯刑法，须即时逮捕归案。"她又喊道："侍卫长！"

"慢！"一直没作声的小岚突然大喊了一声，"女王陛下，您不能抓王子殿下！"

女王威严地看着小岚，说："小岚公主，家有家规，国有国法，二王子冒充米高，罪不可恕，你不必替他说情。"

小岚说："是的，如果王子殿下真的冒充王储，的确有罪。但现在问题是，在您面前的，是真正的米高王子。"

"啊！"在场的人都万分惊愕，连储妃也停止了哭泣，惊奇地看着小岚。

茜茜公主着急地看着小岚，说："你怎么啦，你不是跟我说，他有可能是我父亲麦克，让我配合揭穿真相吗？结果证明你的判断是对的，连他都承认是我爸爸麦克，怎么你现在又……"

"事情有点复杂，但他的确是王储米高，这问题有一个人可以证明。"小岚看着云妮储妃，说，"这个人就是储妃。"

所有人更惊讶了，大家的眼光"唰"地落在储妃身上。

　　储妃愣了愣，用惊愕的眼神看着小岚，但她并没有否认。女王用锐利的目光看着她，问："云妮，小岚公主说的话，难道是真的？"

　　储妃低着头，好久没说话，之后才沉重地点了点头。

　　"一会儿是麦克，一会又是米高，你究竟是谁？！"女王往后一靠，仰天长叹。之后她无力地对小岚说："好孩子，我知道你很聪明，你一定知道些什么，请你告诉我好吗？"

　　小岚点点头，说："好的，女王陛下！其实这事说穿了也并不复杂，因为两位王子，是经历了两次调包。"

　　"两次调包！"在场的人除了云妮储妃之外，都惊讶地把小岚的话重复了一次。

　　"是的。"小岚说，"两位王子在立王储之前，已经因某种原因调换了身份，就是说，一直以王储身份出现的，其实是麦克王子，而被称为麦克的人是真正的王储，您的大儿子米高。在枪击事件中，两位王子因为换了衣服而又导致对调了身份，但正确点说，是拨乱反正，回复了真正身份。所以，我们眼前的这位，才是真真正正的、按法例应该成为未来国王的人。"

　　大家听得目瞪口呆。女王说："你说立王储之前，两个王子已互换了身份，你有什么依据？"

　　小岚说："当然有。依据一，华生医生曾谈到一件奇怪的事，说他之前因为要写一本有关血型的书，曾大量搜集资料。在那过程中，他曾见过一份王子们出生时的血型报告书副本，上面写着大王子米高的血型是O型，二王子麦克的血型是A型。后来又查到立王储时两位王子做的一份验血报告，鉴定却是相反的，变成王储米高是A型，二王子麦克是O型。我觉得很奇怪，于是马上致电一间国际著名的侦探社，让他们查查出生血型报告书的真伪。他们很快便回复了，出生血型报告书是真的。他们还查到，原来王子出生时的血型报告书本来一直留在他们出生的博爱医院，但在王子们十岁时，医院办公室失火，把许多资料都烧了，其中包括了王子们的血型资料。这份副本，可能是当时有人影印了，拿了出去作研究用，所以能保存下来。当证明了这份出生血型报告书的正确之后，就可以作这样的定论——O型血的就是大王子米高，A型血的就是二王子麦克。所以，当我发现立王储时所作的血型鉴定，跟出生时的血型是对调了的时候，又联想到之前所了解到的一些事情，我就作出了这样的假设——两位王子在出生之后、立王储之前，曾调换了身份。"

女王皱着眉头说："出生血型报告书被烧一事，我也记得，当时也没有想过会出什么问题，对他们俩谁是O型谁是A型，我也挺糊涂的。后来立储君，才又为米高和麦克验了一次血型，记录在案。按你这么说，如果华生医生所找到的副本是真的话，那就真的是有问题。你还有第二个依据吗？"

小岚望向储妃："其实第二个依据，储妃阿姨比我清楚。"

女王直视储妃："云妮，你究竟隐瞒了什么，须知王储身份问题，关系重大！"

储妃含着眼泪说："母亲，我对不起您，因为在我从法国留学回来，和王储大婚时，就发现了一件事，就是我嫁的不是米高，而是麦克。"

女王惊问："你凭什么这样肯定，连我都只能从他们的衣服分辨他们是谁。"

储妃说："我十二岁时，即出国读书的那一年，有一次游泳时曾经遇溺，米高奋不顾身地去救我，不小心让利物割伤了小腿，当时他怕您怪罪，所以对所有人隐瞒了这事。那伤口很深，而且足有几寸长，按理一定会留下一道显眼的疤痕。但结婚当晚，我却发现和自己结婚的人，小腿上没有一丝曾受伤的痕迹。"

　　约翰一直站在妈妈身后，关怀地看着她，听到这里，插了一句："妈妈，人体机能因人而异，疤痕的消退速度也有不同，或者十年之后，那伤疤真的消失了呢，您不能单从这点就断定爸爸不是真正的米高王子。"

　　储妃叹了口气："我当时也这样心存侥幸。但婚后不久，有一次两个王子一起去打猎，因为天气热，他们两兄弟都不约而同穿上了短裤，我当时看得清清楚楚，穿蓝衣的麦克，小腿上就有着一条几寸长的旧伤痕，那位置跟当年米高救我时，受伤位置一样。"

　　"真令人难以置信！"女王叹了口气，她无奈地对跪在地上的儿子说，"你先起来吧！告诉我，你们两兄弟究竟发生了什么事？云妮说的是否是真的？"

　　王子痛苦地说："本来，我打算让这件事永远成为秘密的。事到如今，人证物证俱在，看来再也难以隐瞒下去了。"

第17章
互换身份

事情发生在正式册立王储的前一天，王子两兄弟一起去爬山。两人爬到山顶，看着蓝天白云，不禁心旷神怡，于是并肩躺在草地上，海阔天空，畅谈理想。

米高突然叹了一口气，说："其实我最希望当的并不是国王。"

麦克吃了一惊："哥哥，你怎可以这样说。当国王是一件多么有趣的事情，可以统治一个国家，可以指挥千军万马，好威风啊！"

米高皱着眉头说："我喜欢当宇航员，飞上太空，那才威风呢！"

麦克嘀嘀咕咕地说："唉，这才叫天意弄人呢！想当的当不了，不想当的却偏要当！"

米高突然一骨碌坐了起来，对麦克说："我有个想法！"

麦克也坐了起来，问："什么想法？"

米高说："你喜欢当国王，我喜欢当宇航员，不如这样，我们调换身份好了。你扮作我，明天接受册封，我就扮

作你，选择自己喜欢走的路，去读航空学院，将来上太空！"

"啊！"麦克被哥哥这个大胆的想法吓住了，"不行不行，你是哥哥，是天生要当国王的人，我冒充你接受册封，将来要是让人知道，那可是天大的罪！"

米高着急地说："不会有人知道的，我们长得这么像，连母亲都分不出来，只要我们不说，谁也不会发现。好弟弟，你就成全我吧！"

麦克想了想，说："主意是不错，而且我也真的喜欢当国王。不过，你一定不可以说出去，要不，我死定了！"

米高兴奋地说："好，我们拉钩好了，我们谁也不说。"

于是，两个王子伸出小指头："拉钩，上吊，一百年不许变！"

米高开心地说："好啦，我们快换衣服！"

两个人都很兴奋，随即换了衣服。米高说："从现在起，我就是弟弟麦克，你就是哥哥米高。谁把互换身份的事说出去，就是蠢猪，是笨狗……"

麦克接着说："是大坏蛋、大叛徒！"

"哈哈哈！"两人大笑起来。

当两人回家时，已经以各自新的身份出现了。

第二天，麦克以米高王子的身份受封，并留下确立身份的证明文件，包括血型证明。

至于米高，事情发展却令他大失所望——他并没有实现读航空学院的理想，在册封王储的同时，女王内定他为未来的辅国大臣。为了令他将来更好地履行职责，女王替他报读了外国一所著名学校，让他从中学起就学习辅国之道，不管他怎样反抗都没用。最后他只能放弃理想，接受将来做麦克助手这一现实。

王子讲出了互换身份的事以后，在场的人都觉得太匪夷所思了，难以相信这是事实。

女王摇头叹息："作孽啊，我竟被你们兄弟蒙骗了这么多年，怎么我竟没有发觉你们互换了身份呢！我真是一个失败的母亲啊！"

小岚同情地看着女王。两位王子出生不久，女王父亲即老国王就去世了。女王继位时才二十出头，一个向来娇生惯养、无忧无虑的公主，一下子成为一国之君，她的压力要多大有多大，所以她哪儿还有时间去留意去关心那一对双胞胎？！

女王对王子说："真是作孽啊！你有为自己的所作所为后悔吗？"

"有！"米高看了储妃云妮一眼，那神情好忧郁，好

悲哀。

当米高知道女王选中云妮为储妃时，追悔莫及。要不是儿时一个幼稚的决定，那跟云妮结婚的就是他而不是顶包的弟弟了。

足足有一年时间，他都痛不欲生。他不敢面对云妮，很多次，他想离家出走，去一个遥远的地方，再也不见云妮的面。可惜，他是胡鲁国王子，身负未来辅国大臣的使命，一走，就成了可耻的逃兵，被国民唾骂。

女王当然不知王子此刻在想什么，只以为他在为自己荒唐的做法而后悔。她长叹一声，眼神已不如之前凌厉。她觉得在某种程度上，自己也有对不起米高的地方。米高作出那么大的牺牲，甘冒天下之大不韪，放弃王位，只是为了当一名宇航员，而自己却残忍地令他梦想破灭。

可怜的米高！

女王心软了。她准备放过米高。

偏偏小王子约翰发难了。他最疼爱母亲，眼看母亲一直流泪，不禁愤怒了！在他心目中，丈夫、父亲，都是神圣的称呼，但米高为了避嫌竟然冒作母亲的丈夫、自己的父亲，太欺负人了！

他气冲冲地对女王说：“奶奶！如果我父亲当年的确和米高伯父互换身份，之后米高伯父又未能实现当初想法，实

现做宇航员的梦想，那么，米高伯父难保会迁怒于我父亲。还有，他也很自然想拿回原本属于他的东西。所以，在枪击案中，我觉得他有杀害我父亲的动机。我有理由怀疑他刚才所说，父亲是猎枪走火身亡的所谓事实！"

"这个……"女王听了十分吃惊。

约翰说得不无道理，事情又复杂起来了。

大家都不约而同把眼光投向小岚，希望她有办法解决这个问题。

小岚一时无语，暗想，麦克王子已去世，这件案子恐怕要成为千古之谜了。

这时，女王说话了："我带你们去见一个人。"

大家都有点奇怪，不知道女王要带他们去见什么人，但女王不说，大家都不敢问。只有晓星憋不住，问道："女王奶奶，您带我们去见谁呀？跟王子枪击案有关的吗？"

女王没正面回答，只说："见面的时候，你们就会明白了。"

一行人回到王宫。女王吩咐所有卫士回避，由她亲自引路，一直把大家带到了御花园尽头，一座绿树掩映着的幽静房子前。

女王用手里一个遥控器打开了大门，里面迎出一名穿白衣的护士："女王陛下，您来了！"

"嗯！"女王又问，"他今天怎样了？"

护士回答："回陛下，跟之前差不多。"

"唉！"女王重重地叹了口气。

大家面面相觑，不知道女王跟护士说的是谁。

这回是护士在前面引路，一会儿，她推开了一扇白色的门，然后率先走进了一个房间。

显然是一间病房。里面全是白色的，还弥漫着浓浓的消毒药水味。大家都注意到，病房一角有一张病床，上面躺着一个人。

米高首先叫了起来："天哪，麦克！"

紧接着约翰也喊了起来："啊，是父亲吗？"

云妮储妃嘴唇颤抖着，脸色惨白。

没错，病床上躺着的，的确是之前被当作王储的二王子麦克。但是，他不是已中枪身亡，并且下葬了吗？！

一片惊讶的声音从不同人的口中发出。

"麦克！麦克！"

"父亲！父亲！"

"别喊了！"一行热泪从女王眼里流了出来，她轻轻说了一声，"他不会回答的。他是植物人，跟死了没什么两样。"

"奶奶，这是怎么回事？"约翰哭着问。

储妃云妮扑到麦克身上，哭成泪人。

米高站在一旁，默默流泪。

小岚掏出纸巾，递给女王，又说："大家别难过了，只要能保住一口气，二王子就有希望。"

"说得对！"女王接过纸巾，又感激地朝小岚点点头，"我也这么想，只要他人还在，就有机会醒来。"

这时，晓星走了过来，问："女王奶奶，不是一直听说，王子中枪已经死了吗？"

女王叹了口气："他中枪之后，已全无生命气息，所以大家都以为他死了。只是我不甘心，让医生继续抢救，动手术从他脑里取出子弹。手术后虽然救回他一命，但是由于中枢神经受损，他已成了植物人。我其实也一直担心这是件谋杀案，为了保护已无抵抗能力的他，我就将计就计，说他死了。这事除了我之外，只有几个人知道。我怕茜茜回来后，暴露王子未死的真相，给他带来危险，所以匆匆在茜茜回国前安排假葬礼……茜茜，对不起！"

茜茜公主拉着奶奶的手，说："奶奶，我也得跟您说对不起。我一直误会您，您生病我也不去看您……"

祖孙拉着手，互相谅解。

小岚担心地看了看床上的王子："他一直没有起色吗？"

"是的。一点儿起色也没有。"女王叹息着。

小岚说："不管是为了二王子的康复着想，还是为了米高王子的清白着想，我看都要想办法让二王子苏醒。"

"对！小岚，你能帮我吗？"女王抓住小岚的手，像抓住一根救命稻草一样，"孩子，谢谢你帮我解开了王子两次调包之谜。现在，你能再帮我一次吗？我什么办法都试过了，麦克就是昏迷不醒。孩子，请帮帮我，帮帮我！"

女王竟大哭起来。可怜天下父母心，面对昏迷不醒的儿子，女王已全然不顾一国之君的威严颜面了。

"女王奶奶，您别哭，我一定帮您，一定想办法帮您。"小岚安慰着女王。

第18章
两栖公主

已经是一个星期之后了。

这天，小岚一早陪着女王来到麦克病房外面，透过那块玻璃墙，可以清楚地看到里面有两名戴口罩的医生和两名护士。其中一名医生神情专注地，把一根又一根几寸长的银针分别插进麦克的头上和身上。

女王担心地问小岚："孩子，针灸真的能让麦克醒来吗？"

小岚说："不敢说一定可以，但有希望。针灸是中国最早的医学，它以金属制成的细针，刺入人体穴位，以刺激内部的神经，再发生一连串的反应而使身体状态得到调整。针灸的功效有时比西医的物理治疗效果更好。既然西医对麦克王子的病情束手无策，那么试试针灸，也许是最好的方法。"

女王有点着急："都针灸了快一个星期了，好像还没见效果呢！"

小岚安慰说："别着急，针灸起码要一个疗程才起作用呢！"

针灸医生把针全部插上后，坐在一旁仔细观察病人的脸

色，一会儿又和另一位医生在交换意见，对病人十分认真。过了大半个小时，他又一根一根地把银针全部拔出，之后吩咐了护士一些什么，就和另一位医生一块儿出来了。

"你辛苦了！"女王迎了上去。

"别客气！"那位施针的医生边说边脱口罩，啊，原来竟是万卡！

万卡怎么会来了胡鲁国，替麦克针灸呢？原来他读医科时，因为对中国医学感兴趣，特地到中国实习了一年。期间他还跟一名著名的中医师学针灸，由于他天资聪敏，很快就掌握了要领，成为老师最优秀的门徒。

小岚因为知道针灸的神奇作用，便想在二王子身上试试，看看能否令他醒来。华生医生一力主张请万卡来帮忙，小岚原先还怕他太忙来不了，谁知小岚电话一到，万卡二话不说便答应了。他把国务托付给莱尔首相和宾罗大臣，连夜搭专机来到胡鲁国。

女王说："麦克今天怎样了？"

万卡说："根据他身体各项指数看，情况有好转。"

"啊！那太好了！"女王开心得声音有点发抖，"真谢谢你，谢谢你的帮忙！"

万卡说："别客气，我们是友好邻邦嘛！"万卡说完，微笑着看了小岚一眼，那潜台词分明是：小岚的要求，我哪

会不帮忙。

小岚读懂了他的眼神，嗔怪地瞪了他一眼，但心里却甜滋滋的。

万卡想单独跟小岚说说话，便对女王说："您站在这里大半小时了，也累了，请回去休息吧！小岚留在这里，二王子有什么情况，让她告诉您好了。"

"你替麦克针灸，不更累吗？我看你也得回迎宾楼休息一会儿，这里有华生医生就行了。"女王大声喊安娜，叫她送万卡国王回去休息，又对小岚说："孩子，你陪我回去！"这段时间，女王简直把小岚当成小孙女了，出入都把她带在身边。

小岚"哎"地答应了一声，便扶着女王走了。

万卡无奈地望着她的背影，看着她和女王消失在拐角处，便打算跟安娜回迎宾楼。

突然，一名护士从病房里冲了出来，大声喊道："万卡医生，快！快！"

万卡一听，拔腿就跑进病房。女王和小岚也听到了喊声，急忙折返。

"麦克，麦克！你千万别出事！"女王走近玻璃窗，喊道。

小护士在玻璃窗里面抱歉地朝女王鞠了个躬，便把窗帘放下了。

　　女王急得手都在发抖，小岚心里也很着急，但她不能表露出来，怕更加吓着女王。

　　过了一会儿，房门打开了，万卡走了出来。他一反平日矜持，兴高采烈地喊着："麦克醒了！"

　　"儿子啊！"女王尖叫着，不顾一切地急步走入病房。

　　小岚喜出望外，跟着女王进去了。

　　病床上，麦克用一双呆滞而又迷惘的眼睛看着眼前一切，见到女王进来，他突然显得异常激动。

　　女王抓住儿子一只手，泪如泉涌。

　　两行泪水从麦克眼角流淌出来。

　　为了麦克王子健康，万卡劝女王先离开，因为王子刚醒，不可以太激动，而且，他要和其他几个医生一起给王子会诊，检查身体康复情况。如果王子没什么大问题，会马上通知亲属来见。

　　女王尽管很不想离开，但还是在小岚的劝说下，回宫去了。

　　半路碰到储妃、约翰，还有晓晴姐弟。储妃听到二王子苏醒的消息后，激动得差点昏倒，她嚷着要马上去见麦克，但被小岚劝住了。大家聚在女王寝宫等候消息。

　　直到午饭后，小岚才接到万卡电话，说麦克王子

身体状况良好，只要休息一段时间，就能恢复至原来状态。

"太好了！"大家高兴得互相拥抱庆贺，之后急急地赶去见麦克了。

来到病房门口，大家见米高和茜茜公主等在那里。原来茜茜公主在小岚等几个朋友劝说下，已原谅了父亲。父女俩早上一起来探视麦克，听到麦克苏醒的好消息，于是一直等在门口，没有离开。

大家一起进入病房。麦克斜靠在床上，精神比早上刚苏醒时好多了。他激动地看着走在前面的母亲、妻子、儿子，他伸出手，拉住了他们三个人的手。大家相对无言，只是流泪。

麦克好像突然想起了什么，他用眼睛搜索着，像在找谁。小岚见了，把米高王子带到病床前。

麦克把米高上下打量了一番，好像显得很欣慰，他说："我的枪走火，幸亏没伤着你。"

米高激动地说："太好了麦克，你连打猎时发生的事都记得，证明你没事了！"

麦克说："我当然记得，我把猎枪掷向野猪，谁知扔到一棵树上，接着枪膛里竟然飞出子弹，向我们飞来，我受了重重一击，之后就什么都不知道了。我清醒之后，还一直担心，不知道还有没有子弹射出，伤

了你。"

"你自己伤得那么重，还担心我！"米高流了泪，"幸好你醒来了，要不然我这辈子都难辞其咎。"

麦克说："自从我醒来以后，就听到大家一直叫我麦克，莫非……"

米高惭愧地说："对不起，我违背了小时候的誓言，我把调换身份的事说出来了。"

麦克听了，反而显得很开心，他说："其实，我还得感谢你有勇气把事情说出来呢！小时候做的糊涂事，我一直十分后悔，就像自己的王储身份是从你那里'偷'来的。我也很想说出真相，只是怕说出来我们两兄弟都会受到惩罚。你能说出来，做了我不敢做的事，以后我可以堂堂正正做回麦克了。"

"没想到你一点都不怪我！你真是我的好弟弟！"

两兄弟紧紧相拥，场面感人。

麦克又拉着母亲的手，流着泪请求宽恕："妈妈，你要惩罚的话，就罚我吧！不要怪哥哥。"

米高抢着说："不！有罪就让我一个人扛好了，不要伤害弟弟。"

女王哭着搂住两个儿子："好儿子，妈妈怎舍得惩罚你们，只是你们做事太荒唐，难掩悠悠众人之口。"

眼前场面令小岚好感动，她觉得不应该让任何一个人受

罚。她说："女王奶奶，其实问题不难解决。对外，我们可以当什么事都没发生过。几十年前王子没有调换身份，被册封的王储就是米高王子；枪击事件没有人假冒王储。事情只是，麦克王子中枪成为植物人，因为不排除有人潜入猎场暗杀，为安全起见及查明凶手，暂对外宣布王子身亡。现在王子苏醒，说出真相，其实是他自己走火，与别人无关。那就可以一切恢复正常，谁也不会受到惩罚，谁也不会有微言，举国上下，只会为二王子的康复而高兴。"

万卡也点头说："小岚说得对！问题可以这样解决。"

多时没说话的晓星，这时也雀跃地说："是呀，我也赞成！我觉得两位王子叔叔都是好人，不应该受到惩罚。"

晓晴也说："我也赞成！我保证不会泄露秘密。我知道华生医生也一定不会说出去的，是吧？"她用温柔的眼神看着华生医生。

"对对对，一定不会泄露。"华生医生点头说。

这时约翰和茜茜公主也跪在女王面前，请求说："奶奶，请您考虑小岚的意见，原谅父亲他们吧！"

女王激动得说不出话来，只是哭着点头，点头。

女王、两位王子、储妃、约翰和茜茜，一家人相拥着，

流着开心的泪水。

女王更是百感交集。几天前她身边还是一片愁云惨雾，一个儿子虽生犹死，一个儿子又背负杀人嫌疑，现在所有谜团真相大白，两个儿子健健康康、相亲相爱，一切问题都完满地解决了。

"小岚、万卡、晓晴、晓星，好孩子，来奶奶身边。"女王一手拉着小岚，一手拉着万卡，激动地说，"自从枪击案之后，我们王室差点就陷入万劫不复之地。之所以雨过天晴，全靠你们这些好孩子。这次揭破所有谜团，还米高清白，又提出针灸治疗麦克的方案，请来万卡国王，令麦克恢复健康，这全是小岚的功劳；还有万卡国王，堂堂大国之君，竟然答应放下国务，来这里为我儿子治病，在所有医生都束手无策的时候，妙手回春，把我儿子治好。你们两位，是我们王室的大恩人，我们永远感谢你们！当然，还有晓晴、晓星，在我最痛苦忧愁的时候，给了我最大的支持、快乐和温暖……"

女王刚说完，马上响起一阵"噼噼啪啪"的掌声，一帮王子王孙，含着眼泪为这些聪明又善良的孩子鼓掌。

女王又说："我国今后会与乌莎努尔世代友好，来报答万卡国王救命之恩；而小岚公主，我想赠送她一

样东西，就是，我以女王的名义，封小岚为胡鲁国公主，享受和茜茜公主一样的待遇。从此，她也是我的小孙女。"

"好啊！"大家又兴奋地鼓起掌来，尤其是那些孩子，简直开心得疯了。

茜茜公主跑到小岚跟前，拉着小岚的手摇晃着："好啊好啊，今后有人陪我玩了！"

约翰也眉开眼笑："真好，我又多了一个聪明漂亮的妹妹了！"

晓星"哇"了一声："小岚姐姐，你好厉害啊，你现在是两个国家的公主，成了'两栖公主'了。"

女王又说："至于可爱的晓晴、晓星，我很希望你们能做我的干孙女、干孙儿，不知你们愿不愿意。"

晓晴、晓星马上异口同声地说："愿意！"

茜茜公主和约翰见到又多了弟弟妹妹，更开心了，大家欢呼拥抱，又跳又叫。

小岚看着眼前的欢乐情景，心中一块石头落了地，自己终于不负茜茜公主所托，令胡鲁国王室大团圆了。

她得意地想，天下事难不倒马小岚！

两天后，小岚、万卡和晓晴姐弟离开了胡鲁国。

"皇家一号"平稳地在高空飞行，因为有机师随行，所

以这次万卡可以开开心心地和小岚他们一起，坐在客舱里聊天了。这次出使胡鲁国，帮助侦破了王子枪击案，大家都很兴奋，晓晴和晓星一直没停过嘴，讲述小岚精彩的破案经过。万卡没作声，只是笑眯眯地坐着，听着晓晴姐弟说话，不时向心爱的女孩小岚投去欣赏和佩服的目光。

晓晴对小岚说："小岚，你胆子真大啊！当你让茜茜公主假装病危要输Oh型血，逼假王储暴露身份时，我真捏了一把汗呢！要是你估计错了，那位代理国王是真王储的话，你就犯了欺君大罪了。"

小岚满不在乎地笑着，说："我才不怕呢！一，我对自己的判断有信心；二，我对万卡有信心，即使我闯了弥天大祸，他也会保护我的。万卡，对吧？"

万卡马上说："一定！即使是用我的王位去换你的安全，我也愿意！"

晓晴发出一声尖叫："好Man啊！真让人羡慕死了！小岚，我多希望有这样的男朋友啊！"

小岚突然露出狡黠的笑容："你不用羡慕，只要多埋几个愿望盒子，你也会愿望成真的。"

"啊！你是怎么知道的？！"晓晴顿时满脸绯红，她跳起来追打小岚，"你坏，你坏……"

"哈哈哈哈！"小岚笑着逃开了。